사랑이 내게 말하는 것

사랑이 내게 말하는 것

초판 1쇄 인쇄 2012년 03월 19일
초판 1쇄 발행 2012년 03월 21일

지은이 l 박인환 외 15인
엮은이 l 편집부
펴낸이 l 손형국
펴낸곳 l (주)에세이퍼블리싱
출판등록 l 2004. 12. 1(제2011-77호)
주소 l 153-786 서울시 금천구 가산동 371-28 우림라이온스밸리 C동 101호
홈페이지 l www.book.co.kr
전화번호 l (02)2026-5777
팩스 l (02)2026-5747

ISBN 978-89-6023-774-2 04810
ISBN 978-89-6023-773-5 04810(세트)

일제강점기 한국현대문학 시리즈

01

사랑이 내게 말하는 것

박인환 외 15인 지음 | 편집부 엮음

SAY

우리는 누군가를, 무엇인가를 사랑하며 살고 있다. 물질도 풍요로워졌고 사랑도 주변에 넘쳐난다. 그러나 모두들 내 앞의 지금이 가장 힘들다고 말하고 희망의 끈은 쉽사리 찾을 수 없다.

무엇에 희망을 두고 살아야 행복한 삶에 더욱 가까워질 것인가.

개인적인 어려움은 어느 시대에나 존재한다. 가장 시대적인 상황이 암울했을 때 사람들은 무엇에 희망을 두고 견뎠을까 하는 고민 끝에 일제 강점기를 돌아보았고 그 시기를 살았던 문인들의 시, 편지, 소설 속에서 그 답을 찾으려 했다.

톨스토이는 『사람은 무엇으로 사는가』라는 글에서 결국 사람은 사랑 때문에 산다는 결론에 도달한다. 이 책에서 이광수 역시 "이 험악한 이기주의 세대에도 인형人形을 쓴 사람치고는 그 영혼의 어느 구석에 사랑의 한 조각을 드러내지 아니한 자는 없다. 그것이 추악한 투쟁과 시기와 살육의 인생에 유성流星 모양으로 간간이 섬광을 발한다. 이것 때문에 나는 이 고해의 인생을 허덕거리고 살아가는 것이다."라고 사랑론을 폈다.

고뇌하며 살았던 문인들의 사랑에 대한 글을 읽으면서 다시 한 번 인생의 영원한 화두 '사랑'에 대해 성찰하는 기회가 되고 행복은 내 주변 가까이 있다는 진리를 깨달을 수 있었으면 좋겠다.

2012년 3월
편집부

차
례

시가 있는 풍경

2부

편지가 있는 풍경

3부

수필과 소설이 있는 풍경

일·러·두·기

1. 일제 강점기 문인들의 시, 편지, 소설을 수록하였다.

2. 이 책은 원문을 대부분 살려서 옛글의 맛과 작가의 개성을 느끼도록 했고 글투에 영항이 없는 단어는 현대식 표기법을 따랐다.

3. 한자가 많이 들어간 글의 경우는 의미 전달이 어려운 경우에 한해서 한글 뒤에 한자를 병기하여 그 뜻을 정확히 했다.

사랑이 내게 말하는 것

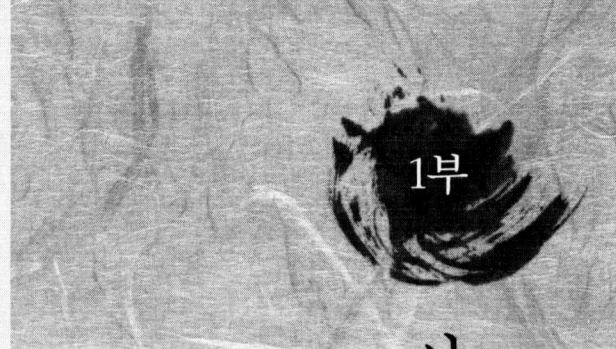

1부

시가 있는 풍경

사랑의 Parabola(포물선)

어제의 날개는 망각 속으로 갔다.

부드러운 소리로 창을 두들기는 햇빛

바람과 공포를 넘고

밤에서 맨발로 오는 오늘의 사람아

떨리는 손으로 안개 낀 시간을 나는 지켰다.

희미한 등불을 던지고

열지 못할 가슴의 문을 부쉈다.

새벽처럼 지금 행복하다.

주위의 혈액은 살아 있는 인간의 진실로 흐르고

감정의 운하로 표류하던

나의 그림자는 지나간다.

내 사랑아

너는 찬 기후에서 긴 행로를 시작했다. 그러므로

폭풍우도 서슴지 않고 참혹마저 무섭지 않다.

짧은 하루 허나

너와 나의 사랑의 포물선은

권력 없는 지구地球 끝으로

오늘의 위치의 연장선이

노래의 형식처럼 내일로

자유로운 내일로……

『박인환선시집』, 1947년

사랑의 전당殿堂

순順아 너는 내 전殿에 언제 들어갔던 것이냐?

내사 언제 네 전殿에 들어갔던 것이냐?

우리들의 전당殿堂은

고풍古風한 풍습風쩝이 어린 사랑의 전당殿堂

순順아 암사슴처럼 수정水晶눈을 나려감어라.

난 사자처럼 엉클은 머리를 고루련다.

우리들의 사랑은 한낱 벙어리였다.

성聖스런 촛대에 열熱한 불이 꺼지기 전前

순順아 너는 앞문으로 내달려라.

어둠과 바람이 우리 창窓에 부닥치기 전前

나는 영원永遠한 사랑을 안은 채

뒷문으로 멀리 사라지련다.

이제 네게는 삼림森林속의 아늑한 호수湖水가 있고

내게는 험준한 산맥山脈이 있다.

(1938년)

윤동주

사랑스런 추억追憶

봄이 오던 아침, 서울 어느 쪼그만 정거장停車場에서

희망希望과 사랑처럼 기차汽車를 기다려,

나는 플랫폼에 간신한 그림자를 떨어뜨리고,

담배를 피웠다.

내 그림자는 담배연기 그림자를 날리고

비둘기 한 떼가 부끄러울 것도 없이

나래 속을 속, 속, 햇빛에 비춰, 날았다.

기차汽車는 아무 새로운 소식도 없이

나를 멀리 실어다 주어,

봄은 다 가고 ― 동경교외東京郊外 어느 조용한

하숙방下宿房에서, 옛 거리에 남은 나를 희망希望과

사랑처럼 그리워한다.

오늘도 기차汽車는 몇 번이나 무의미無意味하게 지나가고,

오늘도 나는 누구를 기다려 정거장停車場 가까운 언덕에서

서성거릴게다.

— 아아 젊음은 오래 거기 남아 있거라.

(1942년)

사랑의 불

산천초목山川草木에 붙는 불은 수인씨燧人氏가 내셨습니다

청춘의 음악에 무도舞蹈[1]하는 나의 가슴을 태우는 불은 가는 님이 내셨습니다

촉석루를 안고 돌며 푸른 물결의 그윽한 품에 논개論介의 청춘을 자매우는 남강南江의 흐르는 물아

모란봉의 키스를 받고 계월향桂月香의 무정無情을 저주하면서 능라도綾羅島를 감돌아 흐르는 실연자失戀者인 대동강아

그대들의 권위로도 애태우는 불은 끄지 못할 줄을 번연히 알지마는 입버릇으로 불러 보았다

만일 그대네가 쓰리고 아픈 슬픔으로 졸이다가 폭발되는 가슴 가운데의 불을 끌 수가 있다면 그대들의 님 기른 사랑을 위하여 노래를 부를 때에 이따금 이따금 목이 메어 소리를 이루지 못함은 무슨 까닭인가

남들이 볼 수 없는 그대네의 가슴 속에서 애태우는 불꽃이 거꾸로 타들어가는 것을 나는 본다

오오 님의 정열의 눈물과 나의 감격의 눈물이 마주 닿아서 합류合流가 되는 때에 그 눈물의 첫 방울로 나의 가슴의 불을 끄고 그 다음 방울을 그대네의 가슴에 뿌려 주리라

『님의 침묵』, 1926년

---

1) **무도**舞蹈 : 춤을 추는 것

사랑의 끝판

네 네 가요 지금 곧 가요

에그 등불을 켜려다가 초를 거꾸로 꽂았습니다그려 저를 어쩌나 저 사람들이 숭보겠네

님이여 나는 이렇게 바쁩니다 님은 나를 게으르다고 꾸짖습니다 에그 저것 좀 보아 '바쁜 것이 게으른 것이다' 하시네

내가 님의 꾸지람을 듣기로 무엇이 싫겠습니까 다만 님의 거문고 줄이 완급緩急을 잃을까 저퍼합니다[2]

님이여 하늘도 없는 바다를 거쳐서 느릅나무 그늘을 지워버
리는 것은 달빛이 아니라 새는 빛입니다
　홰를 탄 닭은 날개를 움직입니다
　마구에 매인 말은 굽을 칩니다
　네 네 가요 지금 곧 가요

『님의 침묵』, 1926년

---

2) **저퍼합니다** : 두려워합니다의 옛말

사랑의 존재

사랑을 사랑이라고 하면, 벌써 사랑이 아닙니다.

사랑을 이름 지을 만한 말이나 글이 어디 있습니까.

미소에 눌려서 괴로운 듯한 장밋빛 입술인들 그것을

스칠 수가 있습니까.

눈물의 뒤에 숨어서 슬픔의 흑암면黑闇面[3]을 반사하는

가을 물결의 눈인들 그것을 비칠 수가 있습니까.

그림자 없는 구름을 거쳐서, 메아리 없는 절벽을 거쳐서,

마음이 갈 수 없는 바다를 거쳐서 존재? 존재입니다.

그 나라는 국경이 없습니다. 수명은 시간이 아닙니다.

사랑의 존재는 님의 눈과 님의 마음도 알지 못합니다.

사랑의 비밀은 다만 님의 수건에 수놓는 바늘과,

님의 심으신 꽃나무와, 님의 잠과 시인의 상상과

그들만이 압니다.

『님의 침묵』, 1926년

---

3) **흑암면**黑闇面 : 몹시 어두운 쪽

한용운

'사랑'을 사랑하여요

반달 같은 얼굴이 없는 것이 아닙니다

만일 어여쁜 얼굴만을 사랑한다면 왜 나의 베갯모에 달을 수

놓지 않고 별을 수놓아요

당신의 마음은 티 없는 숫옥玉이어요 그러나 곱기도 밝기도

굳기도 보석 같은 마음이 없는 것이 아닙니다

만일 아름다운 마음만을 사랑한다면 왜 나의 반지를 보석으

로 아니 하고 옥으로 만들어요

당신의 시詩는 봄비에 새로 눈트는 금金결 같은 버들이어요

그러나 기름 같은 검은 바다에 피어오르는 백합꽃 같은 시가 없는 것이 아닙니다

　만일 좋은 문장만을 사랑한다면 왜 내가 꽃을 노래하지 않고 버들을 찬미하여요

　온 세상 사람이 나를 사랑하지 아니할 때에 당신만이 나를 사랑하였습니다

　나는 당신을 사랑하여요 나는 당신의 '사랑'을 사랑하여요

『님의 침묵』, 1926년

사랑하는 까닭

내가 당신을 사랑하는 것은

까닭이 없는 것은 아닙니다.

다른 사람들은 나의 홍안만을 사랑하지만은

당신은 나의 백발도 사랑하는 까닭입니다.

내가 당신을 사랑하는 것은

까닭이 없는 것은 아닙니다.

다른 사람들은 나의 미소만을 사랑하지만은

당신은 나의 눈물도 사랑하는 까닭입니다.

내가 당신을 사랑하는 것은

까닭이 없는 것은 아닙니다.

다른 사람들은 나의 건강만을 사랑하지만은

당신은 나의 죽음도 사랑하는 까닭입니다

『님의 침묵』, 1926년

권
구
현

사랑의 솟

벗이여

사랑의 솟츤 보아서 모르느니

눈감고 씹어보라

참되게 고흔 솟은

향기로움보다 쓰림이 더하리니

벗이여

사랑의 솟은 보아서 모르느니

눈감고 씹어보라

참되지 못한 솟은

약간의 향기는 있을망정

마음과 피를 얼구리니

『흑방의 선물』, 1927년

김우진

사랑의 가을

손잡고 웃고 옆 눈질하든

강변江邊 우 잔디밭 우에

선선한 바람이 불어옵니다.

쓸쓸하게도 변變해진

가을 벌판 우에

잎이 떨어지고 비가 옵니다

축축하게도 가을비 옵니다.

같이 시詩 읽고 노래하든 벌판 우에

누른 잎이 날려옵니다.

애끗하게도 조롱嘲弄하듯이

누른 잎이 날려옵니다.

찬바람이 불고 잎이 날립니다.

"가시오 어서 가시오,

가서 관棺 묻을 무덤이나 파라는 듯이

마른 잎 같은 맷초리가

비웃고 날아갑니다.

그래서 나도 ―

"오냐, 오냐, 그러나

가기 전前에 한 마디 말하겠다.

네게는 가을이 아니 올 줄 아느냐,

그때의 너를 위爲해

내 관棺 옆에 자리를 남겨두마"하고

나는 달음질해 돌아왔습니다.

(1921년)

사랑 고개

한 고개 넘으면 또 고개 있고

두 고개 넘으면 또 영이 있어

사랑고개를 하도 넘어서

진저리 난 맘에 고개를 피하여

딴 길로 돌려니 또 내가 막혀

빠져 죽느니 넘어갈 밖에

(1925년)

김현구

사랑꽃 설움꽃

애야 연아 저 꽃을 보아라

젊은이 가슴에 흔들리는 사랑꽃

그 입술 그 눈초리 조롱 감춘 복사꽃

담 밑에 수줍어서 혼자 피는 민들레꽃

외로운 꿈 숨은 한숨 고개 숙인 할미꽃

시악시 설운 사랑 눈물어린 땅찔레꽃

애야 연아 그꽃을 보려므나

젊은이 가슴에 흔들리는 설움꽃

(1930년~1940년)

사랑의 애가哀歌

사랑이란 눈물에 젖은 이름!

그 이름 아름답다고 가슴에 새겨 보았더니

아서라 덧없어라

봄날의 피는 꽃과 같이

열흘도 붉지 못하고 힘없이 지네

꽃이여, 님이여 그대는 가는가?

오기는 십년이나 벼르고 오더니

갈 때에는 열흘도 못 있고 가네

오기는 더디오고 가기는 빠른

올 때는 끌리는 치맛자락에 꽃이 피더니

갈 때에는 자욱마다 눈물이 고이네.

『백공작』, 1938년

사랑과 잠

잠은 사랑과 같이 사람의 눈으로부터 든다

그러나 사랑은 사람의 눈동자로부터 도적발로 살그머니 들어가고

잠은 사람의 눈써풀로부터 공연公然하게 당당堂堂히 들어간다

그럼으로 사랑은 좀도적의 소인小人, 잠은 군자君子!

쏘 그들의 달은 곳은 사랑은 사람의 마음 가운데 들고

잠은 사람의 몸 가운데 들어간다

그리고 사랑의 맛은 달되 체滯하기 쉽고

잠의 맛은 담담淡淡하야 탈남이 업다

『동아일보』, 1928년

사랑

사랑이 어떻던가 묻지 마서요

설명할 수 없는 것은 사랑이라 합니다

사랑의 맛이 어떨가 생각 마서요

달고 쓰다고 말할 수 없다 합니다

웃음이 사랑인가?

눈물이 사랑인가?

아무에도 묻지 마서요

슬픈지 기쁜지 뉘 알겠어요

사랑을 부르라 호령 마서요

입도 없는지 대답도 없다 합니다

사랑을 사달라 조르지 마서요

값도 없는지 살 수도 없다고 합니다

사랑은 사랑인지 모르고 있을

그때가 진실한 사랑이라 합니다

사랑의 경중을 달아보자 마서요

눈물과 웃음밖에 없다고 합니다

(1934년)

제이第二의 사랑

님이라는 것은 한 번 사귀고 두 번 사귈 것이 아니외다.

한 번 사귄 후 두 번 사귈! 그 순간에 벌써 그 님은 ─ 그 님이 아니외다.

따스한 호흡이 정적情的 환망幻忘의 그림이고 보니

예민銳敏한 그 혈기血氣도 순환順環의 길에서 막혀집니다.

님이라는 것은 한 꿈의 실현實現 ─ 그것이외다.

삶을 ─ 괴로움을! 님이 없으면 한갓 서투른 장난이외다.

그러니까! 사랑을 괴로움을 여윈 몸에는

제일第一의 사랑은 어쩔망정 제이第二의 사랑은 님이란 썩은 새
끼외다.

우주는 님을 위하여 인간은 삶을 위하여

세 살 먹은 아이 같은 걸음을 걷고 있습니다.

우주가 인생의 님이라면 인생은 우주의 여신女神이외다.

그러면 님이란 지구地球에 걸린 연鳶이라 할까요.

(1931년 12월 15일 원당)

허
민

내 사랑 가신 곳

내 사랑 가신 곳은 산山 넘는 나라

노을 비낀 새벽에 흰 꽃이 피는 곳

넘어넘어 가려면 언제나 만나리

산 우에서 그리다 눈물지고 오네

내 사랑 가신 곳은 물 넘는 나라

하얀 물새 창파蒼波에 나래치는 그곳

건너건너 배 저어 언제나 보려나

한숨지다 갈대만 만지다가 오네

내 사랑 가신 곳은 흰 구름 나라

달과 별을 껴안는 사랑의 그 나라

올라올라 가는 넋 분홍빛 마음 우

흩어졌다 모이면 내려다보시리

(11월 20일 곤양)

허
민

강江 막힌 내 사랑

그리운 너를 가슴에 고이 안고 잠들랴 하니

달 내린 강변에 물새의 울음

내 맘의 그림자는 사라지노나

이슬에 젖은 꽃아 지난 내 사랑아

이 강 언덕을 세월은 흘러가고 눈물만 남아

바람에 밀리는 물결의 소리

그대의 자취인가 귀 기울이니

저녁 날 연기러라 지난 내 사랑아

애달픈 청춘 흐르는 강물에 띄워 보내리

그동안 접힌 설움 풀어 버릴까

백구는 옛터로 찾아가건만

너는 왜 못 오시나 강 막힌 사랑아

(11월 20일 곤양)

그런 뜻이오 사랑이란둥

기실 이런 노래 저런 노래 부르기는 하오마는

이것은 다 당신과 함께였을 때 일이오

모진 인연은 시간을 끄으는 흐름과 같더이다

내 혼자 우두커니 그림자 아무짝 쓸데없는 선瑞이오

노래라니 하 어수선한 휘파람을 잘못 들은 게요

길이 멀더란 말이오

다만 아내의 집으로밖에 갈 데가 없더란 말이오

어휘 열 마디로 족한 아내의 집으로

그리하여 뜻에 맞지 않는 모든 것을 견디기 위하여

그런 뜻이오 사랑이란둥

민족이란둥 차디찬

어젯밤에 내 손등 우에 내 손바닥을 몸서리쳐 놓으면서

중얼댄 휘파람은 아니오마는

다못 견디고 산다는 뜻을 그렇게 표시했더라오

꺼질래야 꺼질 수 없는 까닭에

땅은 견디는 것이 아니겠소

그렇지 않다면 뜻은 무엇을 위하여

푸시시 푸른 풀은 해마다 돋소?

차마 떨어지지 못하여 견디는 하늘이오 하나 둘 셋

저 별을 보시구려

해뜩 바라지게 웃고 달아나는 도로로사 아 사랑을

또 그대로 견디지 않으면 어떻게 하오

빌어먹을 년 — 하면 이가 시린 바람이라면서?

소용 있소?

내게는 쩍 벌린 손바닥밖에 없으니

농담도 받아 당해야 되는구려

내가 진정 민족民族을 사랑할 줄 아오? 하지만서도 ―

당신이 만일 나라를 사랑한다고 입을 연다면

아

나는 그 욕도 견디기로 합니다

민족이란 돌아갈 데 없는 사람들이란 말이오

뜻에 맞지 않는 아내의 집으로 돌아온 사람들이

고독한 것을 견딘다는 사실史實이오

나라 아 좋소

또 사랑이란

슬픈 것을 견디는 수고요

그렇기에 나는

민족을 아노라 하오

더 슬퍼하는 것은 그 뒷일이오

짐을 놓은 어깨너머로 쉬어 넘는 바람들이오

내가 노래한다는 것은

내가 당신에게 안겼다는 말과 다른 것이 없겠소

민족도 사랑도 주권도

내 가슴에 안긴 당신의 첫날밤이오 또 마지막날밤이오

민족民族의 사랑

나래와 같이 가벼운 짐 자유自由가 아니오?

떨어질래야 떨어지지 않는

그리고 스스로 견디는 나래가 아니오?

(1947년)

그대가 누구를 사랑한다 할 때

김상용

그대가 누구를 사랑한다 할 때

그대는 결국 그대를 사랑하는 겔세.

그대 넋의 그림자가 그리워

알들이 알들이 따라가는 겔세.

그대 넋이 허매지를 않겠는가

허매다 그 사람을 찾았다 하네

그 사람은 그대의 거울일세.

그대 넋을 비쳐는 분명한 거울일세.

그대는 그대 그림자를 보고

그 그림자를 거울만 여겨 사랑하네.

그래 그 거울을 사랑한다 하네.

그 사람을 사랑한다 맹서하게 되네.

그러나 그대 그림자 없으면

그대는 돌아서 가네.

그대가 그 사람을 부족타하고 가지 않는가.

그대 넋 못 비쵀는 구석이 있는 까닭일세.

지금 그대 넋은 또 길을 떠나네.

누군지 모를 그 사람을

또 찾아 허매러 가네.

그대 넋 온통을 비췰 거울이 어듸 있나

그대 찾는 정말 그 사람이 어듸 있나

찾다가 울고 울다가 또 찾아보고

그리다가 찾든 그대 넋 좇아

어딘지 모를 곳 가버릴게 아닌가.

『신동아』 19호, 1935년 5월 1일

사랑이 내게 말하는 것

2부

편지가 있는 풍경

사랑하는 까닭에

○○에게 보내는 글발, 순정의 편지

번번이 잘도 끊어지는 기타의 높은 E선을 새로 갈고 멜스의 '빠아카로올'을 익혀 갈 때 한 소절 한 소절에 열정이 담겨지고 E선은 간장을 녹일 듯한 애끓는 멜로디를 지어 갑니다. 나는 그 멜로디 속에 아름다운 뱃노래를 듣는 것이 아니라 항상 고요한 정경을 그리고 그대의 환영을 그려 보곤 하오.

그러나 이상스런 것은 가장 잘 기억하고 있어야 할 그대의 얼굴이 깜박 잊혀져 아무리 애써도 생각나지 않은 때가 있는 것이요. 애쓰면 애쓸수록, 마치 익히지 못한 곡조와도 같이 얼굴의 모습은 조각조각 부서져 마음속에 이지러져 버려 — 문득 눈망울이 똑똑히 솟아오르나 코 맵시는 물에 풀린 그림같이 흐려지고 턱의 윤곽이 분명히 생각날 때에는 입의 표정이 종시 떠오르지 않는구료.

코, 입, 눈, 이마, 턱, 귓불 — 이 모든 아름다운 것은 한 군데 모여 똑똑히 조화되는 법 없이 장장이 날아 떨어진 꽃판과도 같이 제 각각 흩어져 심술궂게도 나의 마음을 조롱합니다. 흩어진 조각을 모아 기어코 아름다운 꿈의 탑을 쌓아 보려고 안타깝게 애쓰나 이렇게 시작된 날은 이지러지기 시작하는 '빠아카로올'의 곡조와도 같이 끝끝내 헛일예요.

어여쁜 님이여! 심술궂은 얼굴이여!

나는 짜증을 내며 악기를 던지고 창 기슭을 기어드는 우거진 겨우살이를 바라보거나 뜰에 나가 화초 사이를 거닐거나 하면서 톡톡히 복수할 도리를 생각하지요.

요번에 만날 때에는 한시라도 그대를 내 곁에서 떠나게 하나 보지. 하루면 스물네 시간, 회화할 때나 책을 읽을 때나 풀밭에 앉아 생각에 잠길 때나 내 눈은 다만 그대의 얼굴을 위하여 생긴 것인 듯이 그대의 얼굴에서 잠시라도 시선을 옮기나 보지. 한 점 한 줄의 윤곽을 끌로 마음 벽에 새겨놓거든. 그것이 유일의 복수의 방법이라고 생각하니까말요.

화단의 꽃이 한창 아름다울 제는 여름도 아마 거의 끝나나 보오. 올에는 그리운 바다에도 산에도 못 가고 무더운 거리에서 결국 한 여름을 다 지나게 되었구려. 화단에는 조개껍질이 없으니 바다소리를 들을 바 없고 뜰 가운데 사시나무 없으니 산속의 숨결은 느낄 수 없으나 다만 그대를 생각함으로써 나는 시절시절을 결코 무료하게는 지내지 않는 것은 그대를 그리워함으로써의 모든 안타까운 심정이지 시절의 괴롬쯤이 나에게 무엇이겠소.

그러나 가을. 가까워 오는 가을! 아름답게 빛나면서도 안타깝게 뼈를 찌르는 가을 새어드는 가을과 함께 그대를 그리워하는 회포가 얼마나 나의 간장을 찌를까를 나는 겁내는 것이요.

물드는 나뭇잎도 요란한 벌레소리도 그대의 자태가 내 곁에 없고야 무슨 값있는 것이겠소. 나는 그대를 생각지 않고 자연을 그리워한 적은 한 번도 없었소. 벌레소리 그친 찬 새벽 침대 위에서 눈을 뜬 채 나는 필연코 울 것이요. 자칫하다가는 어린 애같이 엉엉 울 것이요. 이 큰 어린아이를 달래줄 어머니는 세상에 없을 법하오.

사랑은 만족을 모르는 바다 속과도 같다 할까. 가령 나는 진달래꽃을 잘강잘강 씹듯이 그대를 먹어 버린다고 하여도 오히려 차지 못할 것이며 사랑은 안타깝고 아름답고 슬픈 것 — 아름다우니까 슬픈 것 — 슬프리만치 아름다운 것입니다.

내가 우는 것은 그 아름다운 정을 못 잊어서지요. 사랑 앞에

목숨이란 다 무엇 하자는 것일까. 희망과 야심과 계획의 감격이 일찍이 사랑의 감동을 넘은 때가 있었던가. 나는 사랑 때문이라면 이 몸이 타서 금시에 재가 되어 버린다 하여도 겁나지 않으며 도리어 그것을 원하고자 하오.

사랑하는 님이여! 나를 태우소서. 깨트리소서. 와싹 부숴버리소서.

그 순간 나는 얼마나 아름답게 빛날 것일까. 흩어지는 불꽃같이도 사라지는 곡조같이도 아름다울 것은 미의 특권 그대의 특권같이 세상에서 장한 것이 있겠소. 그 특권의 종 됨이 내게는 도리어 영광인 것이요.

사랑을 말할 때에 수백 마디인들 족하겠소. 수천 줄인들 많다 하겠소. 고금의 시인의 노래를 다 모아 보아야 그대를 표현하고 내 회포를 아뢰기에는 오히려 부족한 것을 어찌 하겠소. 나는 다만 잠자코 그대를 생각하는 수밖에는 없소.

생각하고 그리고 꿈꾸고 — 이것이 나의 지금의 단 하나의 사랑의 길인 것이요. 이 뜨거운 생각의 숨결은 모르는 결에 허공을 날아가 스스로 그대의 가슴을 덥히고 불붙이리라고 생각하오.

이 밤도 나는 촛불을 돋우고 한결같이 님을 생각하려 하오. 초가 진하면 다른 가락을 켜고 마저 진하면 창을 열고 달빛을 받지요. 그대를 생각할 때만은 나는 끈기 있게 책상 앞에 몇 시간이든지 잠자코 앉을 수 있는 재주를 가졌지요.

아무것도 하는 법 없이 천치같이 돌부처같이 말 한마디 없이 똑같은 모양으로 언제까지든지 앉았을 수 있어요. 나는 언제부터 이 놀라운 재주를 배웠는지도 모르오. 가난은 하나 세상에서 따를 사람 없을 이 놀라운 재주를!

청명한 품이 오늘밤에는 벌레소리도 어지간히는 요란할 것 같으오.

가슴속이 한층 어지러워는 질 것이나 그러나 그대를 향하여 뻗치는 생각의 열정은 공중을 달아나는 외줄의 쇠줄과도 같이 곧고 강하고 줄기찰 것이오. 생각에 지쳐 자리에 쓰러지면 부드러운 달빛이 온통 내 전신을 적셔줄 것이니 부디 님이여 , 달빛을 타고 이 밤에 내 꿈속에 숨어드소서.

그대의 날개가 자유롭게 들어오도록 나는 벽마다의 창을 모두 활짝 열어젖히리다.

뜰 앞에는 장미포기가 흔하니 가시에 주의하시오. 꿈속에서 붉은 피를 본다면 내 얼마나 놀라서 기급을 하고 눈을 뜰 것을 생각해보시오.

답장은 길고 두툼하게. 우표를 두 장 석 장 붙이도록 — 우표를 한 장만 달랑 붙이는 사랑의 편지란 세상의 웃음거리일 것이요.

다음 편지까지 부디 안녕히 계시오.

편지 속에는 쌀 것이 없으니 또 이 눈물을 싸리다.

아무 이유도 없는 다만 아름다운 내 이 눈물을.

『여성』, 1936년 10월

사랑하는 나의 정숙이에게

오늘 저녁 나는 당신에게 또 다시 붓을 들었습니다.

나는 오늘처럼 우울했던 날이 없었습니다. 당신을 대구에 두고 나만이 부산의 거리(당신도 이 거리를 나와 함께 걸은 일이 있겠으나)를 헤매고 있는 것이 슬펐습니다.

나는 행운의 사람인데도 어째서 이다지도 쓸쓸한 것일까?

나는 나 혼자 여기 와서 우울한 것이 어디 있는가? 자문자답하여도 속이 시원하지 않습니다. 나는 당신과 떨어져 있는 것이 한없이 서럽습니다. 당신이 있는 곳에서 나는 살고, 나는 죽어야 합니다. 당신이 지금 내 옆에 없으니 울고 싶고, 웬일인지 죽을 것 같습니다.

방이 뭐냐, 돈이 뭐야?

나는 당신이 있는 곳이 한없이 그리워질 뿐입니다.

나를 당신은 욕하시오. 미워하시오. 당신이 말할 수 있는 모든 말로써 나를 꾸짖어주시오. 나는 반가이 받아들이겠습니다.

당신이 내 곁에서 떨어진 것이 아니라, 내가 당신 옆에서 떠난 것 같습니다. 허나 나는 당신의 품안에서 지금 울고 있는 것 같은 심정입니다. 사는 것이 무엇이기에……. 나는 혼자서 바닷바람을 마시는지.

아! 용서하시오. 나는 너무도 무기력한 놈이 되고 말았습니다. 용기는 옛날에 팔아버렸지요? 울고 웃으며 나는 이렇게 허무한 세상을 살고 싶지도 않습니다. 나는 지금 죽어도 좋으니, 웃음의 친구도 울음의 친구도 되고 싶지 않습니다.

오직 우울합니다. 절망입니다. 처자를 시골에 내던지고 죄진 자처럼 썩은 바다의 도시를 헤매고 있습니다. 아, 불행한 것이 나는 아니겠지요.

사랑하는 나의 정숙, 나는 지금이 곧 당신의 무릎을 껴안고 힘 있는 대로 당신의 목을 끌고 싶습니다. 당신 없이는 세상에서 죽을 수도 없습니다.

술 한 잔 먹지도 않고 멀쩡한 정신으로 지금 미친놈처럼 나의, 나 혼자만의 독백을 붓이 움직이는 대로 솔직하게 쓰고 있습니다. 당신과 함께 영원히 지내도록 하나님에게 기도합니다. 우리 가족이 함께 모여 살 수 있도록 나는 나의 모든 정열에 바라고 있습니다.

　사랑합니다. 사랑합니다.

　돈이 없어 죽겠습니다. 그러나 사랑은 돈이 아닙니다. 이것은

나의 무한한 유일의 재산이며, 영원한 당신의 것이올시다.

　안녕히 주무십시오.

　14일 아침에 대구에 떨어집니다.

박인환 12일 밤

『세월이 가면』

정숙, 사랑하는 아내에게

신문 편에 보낸 편지 받으셨습니까?

부산에서 나는 언제나 당신이 어린애들을 데리고 넉넉하지도 못한, 경제적 박해와 싸우면서 미래만은 꼭 행복할 것이라는 막연한 희망만으로 살아가고 있다는 것을 생각하니, 더욱 당신이 측은히 그리워집니다.

행복을 위하여 살아가는 것이 남의 부인이 된 당신일 것이라고는 또한 믿어지지 않습니다.

우리 두 사람이 어린애들을 사이에 두고 사랑하고 있다면 현재나 미래가 비참의 연속이라 해도 무엇이 두려울 리 있겠습니까?

나는 이렇게 믿습니다. 더욱 비참하여라. 이것을 이겨나가는 것이 우리들의 생활이며, 또는 진실한 행복일 것이다라고. 18만원의 월급 때문에 처와 별거하며, 이곳에 와서 돌아다니는 것이 아닙니다.

부부생활이 이해와 사랑으로 결속된 이상, 나는 사회인으로서도 결함이 없도록 진력하여야 한다고 생각하고 있으며, 당신도 나의 성격을 그동안 — 이것은 비가 많이 내려오던 1947년의 7월 하순부터 — 알았을 것이므로 지극히 협조자라고 자신 있게 믿어지고 있습니다.

나는 지금 좋은 일을 하고 있다고 생각합니다(처자와 떨어져 있는 것은 나쁜 일이지만). 우선 신문사 일을 열심히 보고, 또는 문학 지망자라는 견지에서 남들은 나 같은 놈을 시인이라고 합니다만…… 사물의 판단과 남이 하고 있지 않는 새로운 것에 대한 정신적 의욕의 충만에 노력도 합니다.

그리고 끝으로는 이순용 장관을 위해 최후까지 같이할까 합니다. 내려오던 날 밤(17일), 그 다음 다음날(19일), 오늘 밤(21일), 세 번 만나고 있는데 3, 4일간의 대화가 의견의 일치를 보고 있습니다.

그분은 당신의 삼촌이라기보다 나의 존경하는 분입니다. 홀륭합니다. 태연자약합니다. '모든 것'이 호전 중입니다. 걱정하지 마십시오. 신은 그를 버리지 않았습니다. 나는 그분을 위해 스스로 일하고 있다고는 생각지 않고, 남에게도 절대 그러한 것을 나타내지 않으나 장관은 저에게 감사하고 있습니다. 한국에서

최초와 최후를 겸한 분입니다.

앞으로 2개월 후면 늦어도 2개월 반이면 좋은 소식이 있을 것입니다. 진리는 그의 뒤를 따르고, 그는 인간으로서 가장 성실한 분입니다. 당신은 좋은 삼촌을 모시었고, 나는 그를 1948년에 알게 된 데 대해 당신에게 감사 올립니다. 체신부 장관은 얼마 하지 않을 것이며, 다른 곳으로 가게 될 것입니다. 누구가 무어라고 모략하더라도 귀를 기울이지 마시고 믿으십시오.

돈도 없을 것이고…… 걱정도 됩니다. 스웨터는 2만 5000원을 보았습니다. 다른 것을 사려고 돌아다녀도 좋은 것이 없으므로 큰일입니다. 정 없으면 돈을 보내겠습니다. 명일(23일) 아버지가 이곳에서 6시 반에 출발하여 10시에는 대구에 내릴 것이니, 그때까지는 어떻게 합시다. 요즘 잠은 장관 댁에 있습니다. 내 일은 모든 것이 순조로우니 걱정 마시오.

한편 '공짜' 방房도 구하는 중이고, 가능성도 불일내로 있을 것입니다. 내 걱정 말고 잘 있으시오. 많은 키스, 키스 보냅니다.

정씨 부처가 신문사에 찾아와 만났습니다. 당신이 26, 27일까지는 꼭 올라오라고 한다는 말 듣고 명심하고 있습니다. 당신의 장구한 건강과 세형, 세화의 충실한 발육 있기를 빕니다.

김기ㅇ 씨가 이번 부인과 함께 살게 되었습니다.

아카데미 아주머니 류 여사에게 안부 전하시고 친하게 지내

시오.

다방에 너무 오래 있지 마시오.

『세월이 가면』

사랑하는 사람에게

어제 주신 편지는 지금 받았습니다.

잠만 깨면 기다려지는 당신의 편지.

가을과 함께 이곳에는 들국화가 피거니와 내 마음에는 당신의 편지로 행복의 꽃이 핀답니다.

고요한 산곡 생활…… 내 귀에 들리는 소리가 있다면 그는 물소리요, 내게 말하는 이가 있다면 그는 작은 새의 노래 소리입니다.

가을바람이 불고 들국화가 춤을 추는 이곳에서, 내 영혼은 날개를 펴고 꽃으로 수놓은 사랑의 터를 닦고 있답니다.

당신과 웃던 곳, 당신과 노래하던 터…….

아, 아름다운 곳. 애달픈 추억!

웅장한 물소리가 한없이 흘러가고 고요한 달빛 아래 풀벌레가 울고 있으면, 자던 ○사도 눈을 부비려니와 나도 창을 열고

"내 사랑을 보내 주소서."

하고 소원을 올립니다. 영원의 적막 속에 저 푸른 소나무들이 하늘을 향하여 떠오를 때, 내 마음은 어디로 누구를 찾아가는지…….

밤마다 법의를 입고 기도하는 큰 숲속에 내 마음까지 성모의 궁전을 세우려 합니다.

지난 날 밤에는 이 몸이 꿈이 되어 당신 집을 찾아갔었습니다. 만일 내 마음에 발이 있다면 당신집 뒤뜰에 자리가 났으리라. 그 밤이 세도록 서고 있다가 문을 두드려 보았으나 당신은 잠만 자더이다. 할 수 없이 고달픈 다리를 끌고 몇 백리 산길을 울면서 왔더니 날이 밝더이다.

오늘은 날이 흐렸습니다. 이따금 비도 오고요. 그래서 하루 종일 누워서 아픈 다리를 쉬었습니다. 하하 어제 보내드린 꽃은 보셨는지요. 그 꽃은 ○사ㅑ 산곡에서 외롭게 자라난 불쌍한 꽃이랍니다. 돈 없이 서울 구경 갔으나 밥 잘 먹이고 전차, 버스 좀 태워서 서울 구경도 시켜주고 동물원 남산, 한강 그리고 당신집 뜰까지 잘 구경시켜 주세요.

그런데 대체 유(당신)는 남의 편지를 외상으로만 잡수시니 그것은 언제 갚으시렵니까. 남의 빚을 많이 지면? 당신 몸까지 괴

룹습니다. 아마 재미가 많으신 듯……. 너무 재미 보면 죄가 된다오.

그러면 내일 또 쓰렵니다. 안녕하시길 빕니다.

『나의 화환』, 1939년

사랑을 고백하며

실례인줄 알면서도 이 글을 씁니다. 용서하십시오.

이 가슴에 가득 찬 애틋한 이 마음, 말로는 도저히 표현할 수 없어 붓을 들었습니다. 나는 세상에 가장 큰 슬픔이라고 하고 싶습니다. 내 마음을 알 길 없는 당신을 볼 때, 나는 진정입니다.

울었어요. 당신은 내 이름은 고사하고, 존재까지도 알는지 모르는지. 이런 생각을 하면 가슴이 답답합니다. 그래서 나는 생각다 못하여 이글을 씁니다.

내 마음에 한 끝만이라도 알아주신다면 나는 만족합니다. 내가 당신을 알기는 벌써 두해 전 가을이었습니다.

○○고보高普에서 금강산 여행을 갔을 때였지요. 당신 역시 동급생들과 섞여 갔었지요. 다행인지 불행인지 한 차로 가게 되었지요. 나는 그때 당신을 본 인상이 깊이 내 머리에 박혔나이다. 내가 지금까지 상상하던 그 환영과 틀리지 않은 당신을 — 발

견한 그때. 다른 아이들은 떠들고 이야기로 꽃을 피웠으나, 나만은 당신을 바라보기에 정신을 잃었습니다.

그때부터 완전히 내 정신은 당신이 사로잡고 말았어요. 그 후 나는 당신의 집을 찾기에 얼마나 고심하였는지요. 매일 같이 당신의 그림자라도 보고 싶어서 멀리서 당신을 바라보았으나 아, 괴롭습니다. 당신은 내 존재까지도 모르는 듯하더이다.

2년이란 세월이 짧다고 보면 짧지만, 내게는 길고도 괴로운 날이었습니다. 오늘도 비 내리는 거리에서 우산을 쓰고 지나가는 당신의 뒷모양을 멀리 바라보았습니다.

그러나 이렇게 글을 드린다면 나를 잡놈으로 인정하고 욕을 하실까봐 큰 걱정입니다. 그러나 용서하십시오. 내 변명은 하지 않으렵니다만 그런 불량성을 띈 사람이 아닌 것만은 진정으로 고백합니다.

저는 그 후로부터 더 열심히 공부하고 책을 봅니다. 훌륭한 인격부터 만들려고요. 이렇게 하는 것을 반대하시면 시골 부모님께 알려 통혼通婚 하도록 하겠습니다.

그러나 현대인으로 저는 그것을 좋게 볼 수가 없습니다. 만일 당신이 원하신다면 아무 형식이나 다 밟겠습니다. 그리고 한층 더 노력하여 공부하렵니다. 당신이 만일 학자를 좋아하신다면 학자 되기에 힘쓰겠고, 실업가를 좋아하신다면 그쪽으로 노력해 보렵니다.

그러면 당신과 같이할 내 운명의 지배자가 당신이신 것만은 깊이 생각해 주십시오. 진정입니다. 나는 소설에서 온갖 슬픈 사랑을 많이 읽었습니다.

그러나 내 사랑만은 승리의 사랑이 되기를 저는 아침마다 소원을 올립니다. 나는 이글을 쓰기에 퍽 주저하였습니다. 그러나 이 글이 나라는 사람을 당신께 인식시켜 주기만 해도 기쁩니다.

어여쁜 내 마음의 천사여! 귀중한 이 순정을 알아나 주십시오. 그것만도 감사히 생각하겠나이다. 나는 몇 번이나 거듭 내 마음을 시험해 보았습니다. 이것이 일시적 감정이 아닌가 하고 ── 그러나 내가 본 여자가 당신만이 아니고 세상에는 당신 혼자만 사시는 것은 아니지요. 단념해 보려고 애도 써 보았습니다. 그러나 그것은 어리석은 노릇이었어요.

이 괴로운 날이 더 계속 안 되기를 나는 바라며 그만 둡니다.

길이길이 안녕하시고 한마디도 좋으니 이 마음을 알아주시기 바랍니다.

10월 10일 영일英─ 올림

『나의 화환』, 1939년

사랑하는 아내에게

당신을 떠나 있다는 것이 얼마나 괴로운 일이겠소. 가시밭을 넘고 얼음산을 지난다 해도 이보다 더 괴롭지는 않을 듯합니다.

아! 내 마음의 동산에 곱게 우는 작은 꾀꼬리여! 당신과 함께 있으면 그렇게 편안하고 즐겁던 것이 이곳에 온 후부터는 늘 사막 길을 걷는 듯이 쓸쓸하고 괴롭구려.

마음만은 언제나 당신의 그 보드라운 방 옆에 있답니다. 포근하고 아담한 당신 옆에서 나는 영원히 길들인 하나의 새랍니다. 한 남자가 한 여자를 위하여 일생을 바치고 이상도 사업도 없이 그저 처의 사랑 속에서 도취한다면, 못된 바보 놈이라고 욕하고 흉보는 사람이 많겠지만 나는 그 못난 바보가 되고 싶습니다.

이러니저러니 하여도 가장 일생을 행복스럽게 살다 가면 그만이 아니겠습니까? 나는 도리어 남이 부러워할 이상을 가지고 결혼하자마자 이곳 강호江戸에 와서, 그날그날 애긋게 책과 씨름만 하고 있는 내 신세가 그리 좋다고는 생각되지 않습니다.

아내여!

할 수만 있다면 밤마다 꿈이라도 되어 당신 곁에 있고 싶소. 그러나 꿈도 없고 꿈이 되어 당신을 찾아가도, 당신도 꿈이 되어 나를 찾아오는지 만날 길조차 없구려.

아, 보고 싶은 당신의 환영. 그러나 남자가 한번 뜻을 정하고 이곳에 온 이상 꾸준히 공부를 하고 있습니다. 아무리 행복만 찾는다 하여도 너무 감정의 포로가 되는 것은 경계할 일이 아닐까 생각하지요.

그래서 설레는 가슴을 늘 꾹 누르고 지낸답니다. 하나의 여자를 이렇게도 잊지 못하고 헤매는 남자가 있다는 것을 알아주시오. 당신은 내 마음의 부처요 내 마음의 우주입니다.

아내여!

나는 좋은 꽃을 보아도 당신을 생각하고 좋은 풍경을 보아도 당신을 생각한답니다. 어제는 집창鎌倉을 구경하고 해변의 모래알을 헤이며 물결 속에 당신의 얼굴을 천 번이나 만 번이나 그려 보았답니다.

그러나 잊었는지 어찌됐는지 당신의 아름다운 얼굴이 생각나지 않아 한참이나 애를 썼다오. 저녁이 되어 물결 위에 둥둥 떠가는 별들을 보고 비로소 그 고운 눈동자를 생각했지요.

아, 숙희! 당신의 눈은 지금 무엇을 지키고 있습니까? 당신의 마음은 지금 무엇을 생각하고 있습니까?

숙희!

나없는 동안에 공부 많이 하고 또는 부모님들께 극진히 봉양하고 — 나대신 더욱 착한 주부가 되어 주시요. 오는 여름에는 여비를 보낼 터이니 구경 겸 꼭 좀 오시오. 나는 그날을 지금부터 즐겁게 기다리고 있습니다.

그럼 이 편지 받아 보시는 대로 곧 좀 회신 주시요. 나의 유일한 행복은 당신의 편지를 보는 것밖에 없습니다.

그만.

4월 7일 인주仁周 드림

『나의 화환』, 1939년

사랑하는 영란에게

저번 편지는 감사히…….

오늘은 연꽃 같은 흰 눈이 펄펄 날립니다. 한잎 두잎 잎마다 꽃이 되고, 송이마다 옥이 되는 듯 – 아, 일본서는 처음 보는 눈입니다.

눈 내려 눈 잎마다 꽃이 피면은

그대의 마음에도 꽃이 피련만!

별 내려 별 밑마다 진주가 잠기면

그대의 눈 위에도 진주가 피련만!

이러한 시정이 떠오릅니다. 눈이 많이 오는 북국나라 한양에 계신 영란英蘭씨는 얼마나 이러한 시감詩感을 느끼셨습니까? 그러난 여기는 늘 비만 왔답니다. 그때마다 저는,

마음 썩는 두 줄기 눈물

가슴에 어릴 때

세상없어도 아니 운다고

입술을 깨물고 앉았더니

창 밖에 내리는 구슬픈 밤비가

우수수 우수수 소리를 치며

내 대신 슬퍼 울고 있어라!

이러한 시를 썼답니다. 그러더니 얼마 전부터는 동경東京이 생긴 후 처음이라고, 눈이 오고 바람이 불며 어찌나 추운지요.

저번 편지에 두 길에서 방황하신다고요. 그것이 젊은 사람 더욱이 19세 처녀 때에 흔히 있는 일입니다. 편지로는 다 쓸 수 없고(내가 경성에 있으면 시원하게 이야기도 하여 보련만) 그러나 첫째, 음악을 할까? 예술을 할까? 하셨지요.

예술이란 광의廣意적으로 음악, 미술, 문학, 연극, 조각 ― 이 다섯 가지를 예술이라고 합니다. 예술이란, 음악도 예술인데 무엇을 하시겠다는 말씀인지 전에 모씨의 말과 같이 배우가 되신다는 말씀인지 그렇지 않으면 문예를 하시겠다는 말씀인지요.

먼저 그 목표를 듣고 싶습니다. 그러나 유는 지금 십자가두+

字街頭에 서 계십니다. 지금이 가장 위험한 시기입니다. 이때 잘하면 일생의 광명이 오고, 잘 못하면 일생의 패배敗北이옵니다.

많이 주의하시고 또는 많은 유혹자를 물리치세요. 양의 옷을 입은 많은 이리를……

성공이란 반드시 세계적으로 이름을 내고 화려하게 되는 것만이 성공이 아닙니다. 정말 자기의 이상대로 살았다는 곳에 성공이 있고 평범을 떠난 진리의 생활이 있을 것입니다. 그러니까 가장 자기를 좋아하고 가장 가망(재능으로 또는 환경으로)이 있는 실감의 길을 찾아야 할 것입니다.

너무 심한 공중누각(The Fine castles in the air)도 삼가 해야 합니다. 처녀들은 자기의 분에 넘치는 망상의 꿈을 꾸다가 넘어지는 이가 많이 있습니다. 하늘 위에 황금성을 세우겠다는 그러한 꿈이 나중에는 진흙 속에 돌멩이를 쌓게 됩니다.

많은 전도와 재능을 가진 유께서는 많이 주의 하세요. 그리고 방면方面을 자주 변하는 것이 대금물입니다. 실패의 원인이 그런 데로 많이 있어요. 한번 정하면 끝까지 나가는 위대한 노력과 용기 ― 이것이 성공의 어머니입니다.

조금 가다가 다시 돌아오고 ― 딴 길을 가다가 또 돌아오고 이러면…… 유는 음악에도 천재가 있거니와 문예에도 천재가 있는 듯합니다. 조선에 있어서 조선을 위해서는 두 가지가 다 필요합니다. 그러나 문예가 더 필요하겠지요. 하지만 유께서 극劇 방면으로 간다면 찬성을 할 수 없소. 유의 빛나는 장래를 위하여 이 십자가도에서 그릇된 길을 걷지 말아 주시기 바랍니다. 그러면 길이길이 안녕히……

저는 3월말에 상경하렵니다.

3월 5일

눈 오는 동경에서

『나의 화환』, 1939년

사랑에 주렸던 이들

| 1 |

형과 서로 떠난 지가 벌써 팔년이로구려. 그 금요일 밤에 Y목
사 집에서 내가 그처럼 수치스러운 심문을 받을 때에 나를 가장
사랑하고 가장 믿어 주던 형은 동정이 그득한 눈으로 내게서
"아니요!" 하는 힘 있는 대답을 기다리신 줄을 내가 잘 알았소.

아마 그 자리에 모여 앉았던 사람들 중에는 형 한 사람을 제
하고는 모두 내가 죄가 있기를 원하였겠지요. 그 김씨야 말할
것도 없거니와 그렇게 순후한 Y목사까지도 꼭 내게 있기를 바
랐고 '죽일 놈!' 하고 속으로 나를 미워하였을 것이외다.

그러나 내가 마침내,

"여러분 나는 죄인이외다. 모든 허물이 다 내게 있소이다!"

하고 내 죄를 자백할 때에 지금까지 내가 애매한 줄만 믿고 있

던 형이,

"에끼 — 네가 그런 추한 놈인 줄은 몰랐다."

하고 발길로 나를 걷어찬 형의 심사를 나는 잘 알고 또 눈물이 흐르도록 고맙게 생각하오. 만일 나를 그처럼 깊이 사랑해 주지 아니하였던들 형이 그처럼 괴로워하고 성을 내었을 리가 없을 것이요.

그때에 목사는 가장 동정이 많은 낯으로 내 손목을 잡으며,

"박군 — 회개하시오, 회개하시오."

하고 나를 위하여 기도까지 하여 주었지마는 그보다도 형의 발길로 얻어 채인 것이 더욱 고마웠소이다.

나는 그 길로 그 누명을 뒤집어쓰고 동경을 떠났소이다. 떠나는 길에 한 번만 형을 보고 갈 양으로 몇 번이나 형의 집 앞에서 오락가락하였을까. 그러다가도 문소리가 나면 혹 형이 나오지나 아니하는가 하여 몇 번이나 몸을 숨겼을까. 늦은 가을 동경에 유명한 굳은비가 부슬거리는 그 침침한 골목에서 살아서 영원히 이 세상을 하직하는 나의 행색이 얼마나 가련하였을까.

더욱이 사랑하는 형네 남매와 이주년이나 친 동기와 다름없이 지내다가 마침내 내가 형과 맏형의 매씨에게 대하여 감히 못할 더러운 죄를 지었다는 누명을 쓰고 제가 있던 집에 다시 발

도 들여놓지 못하고 어슬렁어슬렁 떠나가는 내 심사가 얼마나 하였을까.

형아, 아마 형은 상상하리라고 믿는다. 또 만일 그때에 내가 정말 죄인이 아니요, 진실로 애매한 사람이었다 하면 더욱 나의 심사가 얼마나 하였을까. 형아, 이 말에 놀라지 말라.

| 2 |

내가 떠날 때에도 형의 얼굴도 보지 아니하고, 또 떠난 뒤에도 팔년 동안 형에게 아무 소식도 아니 보내다가 지금에 새삼스럽게 이 편지를 쓰는 것은 결코 팔년 전 묵은 일을 끄집어내어 구태 내가 애매했던 것을 변명하고 또 내가 한 조그마한 선(?)을 자랑하고자 함은 아니요. 내게는 그러한 생각은 털끝만치도 없었고, 나 혼자도 아무쪼록 그런 생각은 말아버리리라 하여 거의 다 잊어버리고 있었소이다.

그런데 이상한 사건이 하나 내게 생겨서 그 사건이 나로 하여금 나의 지난 일을 새롭게 생각하게 하고, 또 나로 하여금 형에게 이 편지를 쓰게 하는 것이외다.

그러나 이 이야기를 하자면 자연 내게 관한 이야기도 아니 나올 수가 없으니까, 그때 그 사람과 나와의 관계가 어떠하였으며 또 사건이 있은 이래로 내가 지금까지에 어떠한 경로를 밟고 살아왔는지, 이런 것도 지금 이 사건을 이야기하는데 필요한 한도에서 될 수 있는 대로 그 사건에 관계하였던 여러 사람들의 명예에 관계하시 아니하리만큼 말하지 아니할 수 없소이다.

만일 이 말이 형에게 새로운 괴로움이 된다 하면 심히 미안한 일이니 용서하시기를 바라오.

| 3 |

내가 형의 매씨를 사랑하였던 것은 사실이지요. 그것은 형과 한집에 있게 된 때부터라 하기보다, 기실 서울서 중학교에 다닐 때부터지요. 형과 형의 매씨가 동경으로 떠난 뒤에 나는 마치 얼음 세계에 혼자만 내버림이 된 사람과 같아서 며칠 동안은 먹지도 못하고 자지도 못하고 어찌할 줄을 몰랐소이다. 형도 아시는 바에 내가 좀처럼 눈물을 흘린다든가, 남에게 약한 모양을 보이는 일이 없는 사람이지마는 그때에는 참으로 마치 젖

떨어진 어린아이와 같은 약하고 의지할 데 없고 가엾음을 깨달았소이다.

진정으로 말하면, 이때에야 내가 비로소 매씨를 사랑한다 함을 깨달았고 매씨가 없이는 내가 살아갈 것 같지 아니함을 깨달았소이다. 내가 갑자기 법률을 배운다는 목적을 변하여 신학을 배우기로 한 것도 그 때문이외다.

"신학? 어찌해서?"

하고 형은 의심하시겠지요. 그것도 다 까닭이 있다오. 형과 매씨가 동경으로 떠나시느라고 나를 불러서 저녁을 먹을 때에 매씨가 나를 향하여,

"어째 목사가 되실 것 같아요. 아참, 목사가 되시지요."

하고 웃은 일이 있는 것을 아마 형께서는 잊으셨겠지만은 나는 그 말을 잊을 수가 없었소이다. 아마 그 말을 한 당자인 매씨도 별로 깊은 생각이 없이 농담 삼아 한 말이겠지요. 아마 내가 나이에 비겨서는 좀 묵직해 보이고 말이 적고 뚝하고 그래서 청년의 쾌활함이 없는 나의 기질을 비웃은 뜻인지도 모르지요.

아마 그렇겠지요마는 그때의 나로는 매씨의 그 말 한마디로 일생의 목적을 정하지 아니치 못하였소이다. 그래서 그 자리에서 나는,

'네, 나의 사랑하는 이여! 나는 신학을 배워 일생에 당신이 사랑하시는 하나님의 복음을 전하는 목사가 되리다.'

하고 속으로 결심하면서 가만히 매씨를 바라보았더니,

매씨도 나를 마주보아 주시기로 나는,

'응, 내 결심이 감응이 되어 아마 그것에 찬성하는 뜻을 표하는 것이다.'

이렇게만 작정하였었소이다.

내가 퍽 어리석은 녀석이지요. 무척 못난 녀석이지요. 그렇지마는 지금 와서 그런 소리를 하면 무엇하오?

아무러나 이 모양으로 신학을 공부하기로 하고 동경으로 갈 결심을 한 것이요. 그러고 나서 내가 학비 주시는 은인을 움직이는 일이며 교회 여러 직분들의 추천을 얻노라고 얼마나 고심을 하였는지 그것도 형께서는 짐작하시겠지요.

어쨌으나 이 모양으로 고심참담하게 경영한 결과로 동경에도 가게 되고, C학원 신학부에도 입학을 하게 되고, 그보다도 더욱 행복되게 형네와 함께 있게도 되었소이다. 아아 그렇게 된 때 — 내가 학교에 입학까지 하여 놓고 형의 집으로 막 이삿짐을 다 나르고 처음 형의 집에서 형과 매씨와 같이 식탁을 대할 때에 — 아아 그때에 내가 얼마나 기뻤겠소? 얼마나 행복되었겠소?

　이때로부터 나는 더운 날이나 추운 날이나 눈이 오거나 비가 오거나 거의 십리나 되는 학교에 터덜터덜 걸어 다니는 것도 힘 드는 줄을 몰랐고 또 밤을 새워 공부하는 것도 고생되는 줄을 몰랐소이다. 그리고 어찌하면 내가 눈과 같이 희고 깨끗한 사람이 되고 복음을 위하여 불덩어리와 같이 뜨거운 사람이 될까, 어찌하면 내가 복음을 위하여 구주 예수와 같이 십자가에 달려 죄 많은 세상을 위하여 사죄와 축복을 구하는 기도를 드리고 피를 흘리는 사람이 될까. 그때에 매씨가 먼빛에서라도, 극히 먼빛에서라도 내가 십자가에 달린 것을 보아만 주면 나의 일생의 소원은 달한 것이라고 생각하였지요.

　나는 일찍 매씨를 내 것을 만들자 — 내 아내를 삼자 — 이러한 생각을 한 일은 없었소. 이런 말을 한대야 믿어 줄 사람이 없겠지요.

　"에끼 너같이 더러운 놈이!"

하고 내 낯바닥에 침을 탁 뱉을 터이지요. 형은 안 그러시겠지요. 아마 형께서는 내 말을 믿으시겠지요. 그러나 안 믿기거든 안 믿으셔도 좋소. 나는 오직 매씨가 이 세상에 있다 하는 그의 존재의 의식만으로 기뻤고, 또 그가 나와 가까운 곳에 있다

하면 더욱 기뻤고, 만일 그의 가슴 속에 나라는 기억이 한 자리를 차지하리라 하면 더할 수 없이 기뻤지요.

그러나 나는 하나님 앞에서 장담하거니와 일찍 털끝만한 육욕을 가지고 매씨를 대하여 본 일이 없었소이다.

나는 그때에는 벌써 스물넷이나 된 사람이 아니었소? 나는 부모 없이 자라난 불쌍한 아이라 일찍이 혼인도 할 새가 없었고 서울서 중학교에 다닐 때에도 남들은 계집애들을 따라도 다니고 딸려도 다녔지마는, 나같이 돈도 없고 여자들의 맘을 끌 만한 풍채도 없고 또 끈적끈적하게 여학생들의 발뒤꿈치를 따라다닐 만한 뱃심도 없었고 또 매씨를 만나기까지는 여자라는 것이 그렇게 내 호기심을 끌지도 아니하였었지마는 동경에 가서 한두 해를 지난 뒤에는 점점 가슴 속에 무엇이 비인 듯한 생각을 깨달았고 길가에서나 전차 속에서 젊은 여자를 대할 때에는 말하기도 부끄러운 어떤 충동이 일어나는 일도 있었지마는 매씨에게 대하여서는 털끝만치도 그러한 생각을 가져본 일이 없었소이다.

나는 성경 구절을 그대로 실행하노라고 여자를 볼 때에 음욕이 나면 나는 당장에 내 손으로 내 몸을 꼬집기도 하고 내 입술과 내 혀끝을 피가 나도 록 물기도 하였소이다.

자기 전 냉수욕이 정욕을 막는다는 말을 듣고 나는 곧 앞마당 우물에서 형이 다 잠든 때에 냉수욕을 시작한 것을 형도 모르시지는 아니하리다. 어떤 날에는 그것으로도 부족하여 나는 그 추운 방에서 불을 끄고 혼자 꿇어앉아서 밤을 새워 기도한 일도 몇 번인지 모르며 그러다가 내가 독한 감기를 들어 형에게 폐를 끼친 것도 여러 번이었지요.

| 4 |

그때에 내 생활에 뛰어든 것이 김씨 아니요? 기숙사에서 위병이 생기고 신경 쇠약이 생기고 입맛이 떨어졌다하여 형의 집에 두어 주기를 간절히 구하는 듯한 말을 주일날 예배당에서 돌아오는 길에는 반드시 하였고 그러다가는 우리와 함께 저녁을 먹으면서, "김치만 먹어도 살 것 같아요", "국 맛조차 다른 걸요", "이렇게 한 달만 먹으면 살 것 같은데요" 이러한 말을 수없이 하고는 흔히 늦은 뒤에야 "아이구 가야겠는걸", "또 가야지" 이러한 소리를 하며 시계를 이분에 한 번씩 삼분에 한 번씩이나 보고는 넣고 넣고는 보다가 열시가 땅 친 뒤에야 가기 싫은 길을

억지로 가는 사람 모양으로 기숙사로 들어가지를 아니하였소?

그때에 형도 그에게 심히 동정을 하는 듯이 그러나 내가 미안한 듯이,

"글쎄, 그거 안 되었구려. 허지만 우리 집에야 방이 있어야지."

하지 아니하였소?

나는 애초부터 김씨가 맘에 안 들었소. 어째 고 잰 체하고 착한 체하고 교회를 위하여 세상을 위하여 밤낮 근심이나 하는 체하고 게다가 남한테 학비 얻어서 공부하는 처지에 양복이나 일복이나 쪽 빠지게 차리고 다니고 예배당에서는 목사보다도 자기가 교회의 주인인 듯이 깝죽거리고 게다가 얼굴에는 항상 기름이 짜르르 흐르고 손가락 끝이 톡톡 불어 터지도록 혈색이 좋으면서도 신경 쇠약이니, 소화 불량이니 불면증이니 하고 금시에 죽을 사람같이 떠드는 것이 내 맘에 들지 아니하였고, 더구나 그가 나이로 말하면 나와 어상반한 처지면서 나보다 학급이 두엇 위라 하여 가장 선배인 체하는 것이 내 비위를 몹시 거슬렸소. 형께서도 그 사람을 그렇게 좋아하지 아니하신 줄을 내가 잘 알지요.

그럴 뿐 아니라 — 이것은 지금도 말하기가 부끄러운 일이지마는 — 김씨가 온다는 것이 내게는 심히 불쾌하였소. 어째 김

씨가 자주 놀러 오는 것이나 또 동정을 구하는 듯하는 말을 자주 하는 것이나 또 같이 와 있고 싶어 하는 것이나 모두 김씨가 매씨에게 무슨 뜻을 둔 것만 같이 보여서 그것이 내게는 더할 수 없이 불쾌하였소.

우스운 일이지요. 내가 매씨께 무슨 상관이야요? 하지마는 김씨가 매씨를 가까이하는 것이 마치 거룩한 무엇을 더럽히는 듯하여 억제할 수 없는 불쾌감을 가지었소.

그러나 나는 혼자 뉘우쳤지요. 밤새도록 회개하는 기도를 드렸지요. 아아 왜 내가 김씨를 미워할까. 왜 나 혼자라도 그의 험담을 하였을까.

나는 성경 구절을 폈다.

"옛 사람에게 하신 말씀을 너희가 들었나니, 살인치 말라, 누구든지 살인하면 심판을 받게 되리라 하였으나, 오직 나는 너희게 이르노니 형제에게 노여워하는 자마다 재판을 받고, 또 형제를 미련한 놈이라 하는 자는 마땅히 공회에 잡히고, 또 미친놈이라 하는 자는 지옥 불에 들어가게 되리라."(마태복음 4장 21~23)

이것을 생각하고 나는 가슴을 두드리고 뉘우쳤지요.

'아아 내가 죄를 짓는 것이다 — 내가 김씨를 미워하고 미련한 놈이라 하고 미친놈이라 하는 것이다 — 나의 이 죄를 하나님도

용서하시지 아니할 것이요, 내가 사랑하는 이도 용서하시지 아니할 것이다.'

　이 모양으로 나는 정성으로 기도를 드려 마침내 김씨를 미워하고 질투하는 맘이 없어지도록 기도를 하였소.

　그러다가 식전에 형이 일어나기를 기다려,

　"내가 김씨하고 같이 있기를 원하오."

하고 그와 같이 있기를 허락하였지요.

　그리고는 그날 종일 나는 기쁜 맘으로 지냈고 또 채플시간에 김씨를 만나서 전에 없이 반갑게 손을 잡았소.

　그랬더니 김씨도 진정으로 반가운 듯이 손을 잡아 주었고 그가 서양 사람식으로 내 어깨에 손을 올려놓는 것도 이날에는 아니꼽지를 아니하고 도리어 반가왔소이다.

　그래서 나는 마치 그날 하루 동안에 갑자기 내 인격이 높아지는 듯하고 내 영혼이 아주 깨끗하여지는 듯하여 그날 밤(그것이 내가 그 방에 혼자 있기로는 마지막이었소. 바로 그 이튿날 김씨가 그 많은 트렁크를 가지고 옮아오지 않았소)에 나는 일생에 처음 경험하고 만족을 가지고 감사의 기도를 드렸소이다. 그리고 극히 화평하게 잠이 들었소이다.

　김씨와 한 방에 있게 된 때에 나는 선배에게 대한 예로 남창을 향한 자리를 그에게 주고 나는 낮에도 침침한 동벽을 향하여 책상을 놓았소이다. 나는 맘 한편 구석에서 일어나는 그에게 대한 반항심을 누르고 누르며 내 힘껏 그에게 공손하게 했지요. 그렇지마는 형도 아는 대로 내가 워낙 말이 있소? 게다가 얼굴조차 천생으로 이 모 앞으로 뚱하게 생겨 먹었으니 어디 남의 맘을 흡족하도록 해 줄 줄이야 알아요?

김씨가 나와 같이 있게 된 뒤로 얼마 동안은 별 재미도 없이 그렇다고 별 고통도 없이 지내왔지마는 한 달 지나 두 달 지나 하는 동안에 나는 김씨의 행동이 심히 수상함을 깨달았소이다. 그것이 다름이 아니요, 자다가 깨어본즉 곁에 있어야 할 김씨가 어디를 나가버리고 만 것이외다. 나는 얼른 무엇을 직각[1]하였지마는,

'아뿔싸 내가 왜 남에게 좋지 못한 생각을 하나?'

하고 꾹 눌러버렸지요. 그러나 잠은 들지 안 하여 이윽히 기다리노라면 그가 가만히 문을 열고 들어와서는 자리 위에 한참 앉아서 무슨 심란한 일이 있는 듯이 한참 동안 한숨을 쉬다가는 가만히 이불을 들고 사르르 들어가서는 곧 잠이 들거나 한 듯이 코를 골지요.

이런 일이 두 번 세 번 될수록 나는 도저히 내 맘속에 일어

나는 의심을 누를 길이 없어서 하루 저녁은 가만히 잠이 아니 들고 기다리고 있노라니 김씨가,

"여보시우, 여보시우."

두어 번 불러 보더니, 그래도 대답 없는 것을 보고는 고개를 들먹하고 내 얼굴을 들여다보며,

"미스터 박, 미스터 박."

하고 또 두어 번 깬 사람이라면 듣고, 자는 사람이면 안 깨리만한 목소리로 부르지요.

나는 그 소리를 다 들으면서도 자는 체하는 것이 죄스러웠으나, 이 사람이 밤마다 내게다 이런 수단을 썼겠구나 할 때에는 김씨가 밉기도 하고 더럽기도 하고 가증스럽기도 하여 못 들은 체 하고 있었소.

그랬더니 아니나 다를까 김씨가 슬며시 일어나더니 책상 위를 더듬어서 빗을 내어 머리를 빗는 모양이지요. 그리고는 가만히 일어나서 다시 한 번 내 편을 바라보고는 살그머니 문을 열고 사뿐사뿐 부엌 쪽으로 걸어가는 소리가 들리오.

나의 귀는 그 사뿐사뿐 걸어가는 발자취를 따라가다가 그 소리가 뚝 끊기고는 미닫이가 열리는 소리가 나는 것을 들었소. 그것은 분명히 매씨의 방이요.

아아 나의 의심은 마침내 참이 되고 말았구려. 그가 밤마다 살그머니 자리에서 빠져 나간 것이 매씨의 방으로 간 것이라고 생각할 때에 나의 코에서는 불길이 확확 내뿜었소. 나는 기둥에다 내 머리를 부딪치어 부서버리고도 싶고, 이빨로 혓바닥을 물어 끊고도 싶고, 방바닥에서 발버둥을 치며 데굴데굴 굴고도 싶었소이다.

나는 전후를 잊어버리고 벌떡 일어나 김씨가 하는 모양으로 가만히 문을 열고 사뿐사뿐 걸어서 부엌 곁에 붙은 매씨의 방으로 갔소. 가서 창에다 귀를 대고 가만히 엿들을 때에 나는 불길 같은 숨에 창이 펄렁거리지나 아니할까 하고 고개를 뒤로 돌렸소이다. 그러나 나는 점점 정신을 잃어버리고 나의 다리가 벌벌 떨림을 깨달으면서 열병 들린 사람 모양으로 미닫이를 곧 열고 매씨의 방으로 뛰어 들어가서 어두운 중에 이것이 김씨로구나 하는 데를 어림하고 꽉 타 눌렀더니 그것은 김씨가 아니요 매씨외다.

나는 기겁을 하고 벌떡 일어나 방 한편 구석으로 비켜서는 판에 전등이 번적 켜지며 김씨가 뛰어 들어와,

"이 사람! 이게 무슨 일이요?"

하고 내 팔을 꽉 붙들고 매씨는 크게 놀란 듯이 방 한편 구석

에 쪼그리고 앉아서 나를 바라보며 웁니다. 그때에 나는 매씨에게 대한 모든 존경과 사랑이 다 부서지어 버리고 마치 나의 심히 소중한 물건을 훔치어다가 없애버린 행실 나쁜 고양이처럼 보였어요. 그러기 때문에 내가 미친 듯이 달려들면서 매씨를 발길로 차서 굴린 것이외다.

이리하여 형이 잠을 깨어 나오고 김씨가 형을 향하여 극히 침착하고도 심히 근심되는 태도로 내가 먼저 매씨의 방에 들어간 것과 매씨의 소리를 듣고 자기가 뛰어나와 나를 붙든 것과 그렇지 아니하였더면 매씨가 봉변을 하였을 것과 며칠 전부터도, 나의 매씨에게 대한 행동이 수상하더란 말을 아주 참스럽게 고하였소.

나는 김씨의 거짓말을 들을 때에 하도 어이가 없어서 다만 그 자리에서 뛰어나와 내 방에 엎드리어 울었을 뿐이요. 김씨의 말을 반박하려고도 아니 하고 나의 행동을 변명하려고도 아니하였소이다.

그 이튿날 김씨가 교회 직분의 한 사람으로 검사격이 되고 형과 기타 몇 사람이 증인과 배석이 되고 목사가 판사격이 되어서 나를 심판할 때에도 나는 '변명 아니 하는' 태도를 취하였소.

목사가,

"당신이 ○○씨 방에 들어갔었소?"

하길래 나는 사실 대로,

"네 들어갔었소."

하였고, 또 목사가,

"좋지 못한 맘을 품고 들어갔었소?"

하길래 나는 내가 음욕을 품지 아니하였던 것만 생각하고 처음에는,

"아니요!"

하고 부인하였으나 다시 생각해 본즉, 내가 그 방에 들어갈 때에 김씨를 미워하는 맘과 매씨에게 대하여 일종의 질투를 가진 것이 사실이요, 또 그것이 '좋지 못한 맘'인 것이 분명하길래 나는 다시,

"네, 나는 좋지 못한 맘을 품고 들어갔소."

하였고 또 목사가,

"그러면 당신은 당신의 죄를 자복하시오."

하길래 나는 김을 미워한 것이나, 매씨를 놀라게 한 것이나 또 발길로 찬 것이나 모두 나의 죄인 것을 알므로,

"네, 나는 나의 죄를 자복하오."

하였고, 또 목사가,

"죄를 지은 것이 오직 당신뿐이요? 또는 다른 사람도 같이 지었소?"

하길래 처음에 그 뜻을 잘 알아듣지 못하였으나 마침내 이것이 매씨와 김씨에게 관한 말인 줄을 깨닫고 나는,

"여러분 나는 죄인이외다. 모든 허물이 다 내게 있소이다!"

하고 소리를 지른 것이외다.

물론 모든 죄는 다 내게 있었다. 내가 왜 이 더러운 이름을 매씨와 김씨에게 씌우랴. 나는 내게 책임 있는 죄나 자복하고 거기 상당한 벌만 받았으면 그만이다. 내가 매씨와 김씨의 공이나 죄를 간섭할 권리를 어디서 얻었을까. 만일 그네게는 무슨 죄가 있다 하면 그것을 자복하는 것이나 그것에 상당한 벌을 당하는 것이나 모두 그들의 자유일 것이지요. 비록 자기네의 죄가 있고 그 죄를 아는 다른 사람이 발설 아니 하는 그것을 고맙게 여겨 가장 깨끗한 사람인 체하고 고개를 들고 교회에서 명예로운 직분의 명의를 가지는 것도 다 그들의 자유이지요. 이렇게 생각한 까닭에 나는 모든 허물을 걸머지고 일생의 희망도 목적도 다 집어 던지고 산송장이 되어 동경을 떠났소이다.

그로부터 팔년간 내가 어떻게 지내었는가, 그 이야기를 어떻게 이루 다 하며 또 한들 무슨 소용이 있소? 다만 나는 나의

받은 교육도 다 내어버리고 오직 빨가벗은 몸뚱이 하나로 온갖 노동을 다하여 가며 내 땀을 흘려 벌어먹고 살아왔다는 것과 그러하는 동안에 일생에 오직 하나인 친구인 형의 소식을 알아보고 형의 이름과 사업이 점점 높아 가는 것을 보고 기뻐하였다는 것과 매씨가 마침내 김씨일로 일생을 그르친 것과, 김씨가 교묘하게도 아직까지「선인」노릇을 하고 있는 것을 슬퍼하고 놀랄 뿐이지요.

그러나 사랑하는 형아, 나를 위하여 결코 슬퍼하지 말기를 바라오. 나는 인제는 결코 불행한 사람이 아니요. 지금 내가 이 편지를 쓰고 있는 곁에 나를 사랑해 주는 아내가 내가 쓰는 이 편지를 보고 눈물로써 동정하여 주오. 비록 조그마하지마는 나는 지금 내 집에서 내 아내로 더불어 사오.

내가 온종일 나의 조그마한 가정을 위하여 노역을 하고 돌아오면 나의 아내는 밥을 지어 놓고 찌개 그릇을 화롯가에 놓은 채로 나를 기다리고 있어 주오. 나는 가난하외다. 그러나 나의 정직한 노동이 나에게 밥을 주고 나의 사랑하고 불쌍한 아내에게 즐거움을 주기에는 넉넉하외다.

그러니까 형이여, 결코 나를 불쌍하다고 말으시오. 나는 인제는 행복된 사람이외다. 내가 왜 팔년 만에 사랑하는 형에게 이 편지를 쓰나. 그것은 내가 행복되게 되었다 하는 기쁨을 형에게 알리려 함이요. 그러니까 형은 이 편지를 보고 기뻐해주시오.

그러나 형이여! 처음에 약속한 바와 같이 이 편지를 쓰는 것은 결코 내 말을 쓰려는 것이 아니요, 내 말을 쓴 것은 내가 인제 하려는 다른 말의 예비가 되는 까닭이요.

아아 내 말을 쓰기에도 나의 가슴이 아팠소. 읽는 형의 가슴도 마땅히 아프려든 하물며 내 가슴이야 얼마나 아프겠소? 그러나 장차 말하려는 아픈 이야기에 비하면 내 이야기 같은 것은 한 웃음거리에 지나지 못하오.

아아, 세상에는 이렇게 슬픈 일도 있을까요?

나는 죄나 있어서 받은 벌이요. 나는 김씨를 미워하였고 또 매씨에게 대하여 비록 잠시 동안이라도 질투와 증오의 감정을 품었었소. 예수의 눈으로 보면 이것이 얼마나 큰 죄요? 그러한 큰 죄를 짓고 팔년 동안 지옥의 고생을 다하였다 하더라도 나는 조금도 원망할 것도 없고 부족해 할 것도 없소이다. 그러할 뿐더러 이러한 큰 죄를 짓고도 팔년의 벌로 용서함을 받고 오늘날과 같은 행복을 얻으니 도리어 감사와 기쁨이 있을 뿐이외다. 그러하건마는 아무 죄도 없는, 정말 털끝만 한 죄도 없는 연약하고 불쌍한 영혼이 내가 받은 것보다도 몇 십 배 더 되는

고난을 받았다 하면 그것이 얼마나 슬픈 일이겠소? 지금 내가
하려는 말이 바로 그러한 일이요, 또 여태껏 지리하게 내 이야
기를 쓴 것도 기실은 이 말을 쓰고자 함이외다.

| 5 |

나는 어디를 가든지 무슨 일을 하든지 주의 가르침을 지어버
리지 아니하려고 전력을 다하였건마는 칠년 째 잡히던 때부터
점점 맘속에 일종의 적막과 슬픔을 느끼게 되었소. 그 적막과
슬픔은 하나님께 기도를 드리는 것만으로는 위로할 수 없음을
깨달을 때에 나는 일변 놀라기도 하고 슬프기도 하였소.

나는 나의 믿음이 흔들리는 것이나 아닌가, 내가 옳지 못한
유혹을 받는 것이나 아닌가 하여 한번은 사흘 동안을 정하고
마니산 꼭대기에 올라가 금식 기도를 드렸소. 나는 예수께서
사십일 사십야를 광야에서 금식 기도하시다가 마침내 모든 유
혹을 이기어버리신 것을 본받아 언제까지든지 내가 모든 유혹
을 이기어버릴 때까지 결코 산에서 내려오지 아니하기를 결심
하였었소.

그때는 마침 음력 구월 보름깨라 산에 나무 잎과 풀조차 다 말라버리고 벌레 소리까지 끊어지고 마니산 제천단에 갈바람이 휙휙 소리를 내고 지나갈 때요. 낮에는 끝없는 바다를 바라고 밤에는 별이 반짝이는 하늘을 바라고 기도를 하였소이다. 피곤 하여져서 잠간 동안 잠이 들었다가 깨어나면 동천에는 붉은 새 벽빛이요, 내 몸에는 하얀 서리였었소.

그러나 형아! 하나님께서는 잠간 동안 나를 버리시었소. 나의 몸의 추움과 맘의 추움은 하나님의 손으로는 더워지지 아니할 듯하였소. 하나님은 너무도 높이 계신 것 같고 너무도 멀리 계 신 것 같고 너무도 내가 가까이 하기에는 엄하고 완전하신 것 같아서 나와 같이 죄 많고 불완전한 '사람의 살'이 그리워지었소.

'사람의 살!'

사람의 살이 따뜻함이 내 몸에 닿으면 이 찬바람과 찬 서리 에 꽁꽁 언 내 몸은 금시에 풀려질 것 같았소. 만일 그때에 마 니산 머리에 어떤 사람이 있었던들 ─ 그 사람이 아무리 변변치 못한 사람이라도 ─ 비록 그 사람이 반쯤 썩어진 문둥병자이라 도, 만일 사람만 있었던들 나는 '아 사람이여!'하고 달려들어 껴 안고 흑흑 느껴 울었을 것이요.

생각해 보시오. 내가 칠년의 긴 세월을 누구를 사랑했으며 누구의 사랑을 받았겠소. 혈혈한 단신으로 오직 하나님의 손에 달려 걸어온 것이요.

그러다가 나는 마침내 아주 사람을 떠나 산꼭대기에 올라 사흘을 지내니 내가 사람을 그리워하는 것도 마땅한 일이 아니요.

그래서 나는 사흘 동안 굶은 배를 안고 기운 없는 팔다리로 간신히 기어 산을 내려왔소. 산을 내려오니 골목골목이 사람의 집이로구려. 저녁연기가 나는 사람의 집이로구려. 사람의 소리가 나고 아이들이 지껄이는 소리가 나는 사람의 집이로구려. 비록 오막살이 단간 집이라도 저 속에는 따뜻한 아랫목도 있고 김 오르는 솥도 있고 따뜻한 사람도 있겠지요.

"저기다, 저기다! 내가 찾는 곳이 저 아랫목이요, 저 사랑이다!"

나는 이렇게 외치고 촌가로 뛰어 들어갔소이다. 그러나 그 집들에는 모두 주인이 있다. 그 아랫목은 주인이 앉고 남지 못하고 그 사랑은 주인이 안기고 남지 못한다. 그 많은 저녁연기 나는 집에 내 몸이 들어갈 곳은 하나도 없구려.

이래서 내가 따뜻한 사람의 품을 찾노라는 것이 창기의 집이었소.

'창기의 집!'

내가 어떻게나 미워하던 곳이요? 어떻게나 저주하던 곳이요?

그러나 형아! 나 같은 사람이 따뜻한 사람의 품을 찾을 때에 거기 밖에 갈 곳이 어디요?

일원짜리 지전 두 장이 젊은 여자 하나를 나에게 주었소. 그 여자도 사람이요. 다른 모든 여자와 같이 피도 있고 눈물도 있고 영혼도 있고 따뜻한 사랑도 있는 꼭 같은 사람이요 – 나는 그들도 나와 꼭 같은 사람인 것을 발견하였소. 내가 그날 밤에 만난 그 여자가 내게 이러한 진리를 가르쳐 준 것이요 – 사람은 다 꼭 같은 사람이라는.

그 여자는 나를 위하여 자리를 깔아 주었고 때 묻은 내 의복을 차곡차곡 개켜 주었고 내 몸에 신열이 있다 하여 수건에 냉수를 묻혀 머리도 식혀 주었소.

이것이 내가 세상에 나온 뒤로 처음 당하는 남의 사랑이요. 이리하여 나는 마치 첫사랑에 취한 사람 모양으로 그 여자를 사랑하였소.

이 모양으로 두 달은 꿀 같은 꿈같이 지나버렸소.

그러나 사랑에는 돈이 드오. 좋은 집 처녀를 사랑하기에나 창기를 사랑하기에나 돈이 들기는 마찬가지요. 나 같은 노동자는 이 사랑하는 창기를 자주 만날 힘도 없었소.

하루는 나는 저금통장을 마지막으로 떨어 나의 애인을 찾아

갔소. 나는 이날을 마지막으로 나의 회포를 다 말해 볼 양으로 소주 한 병을 사서 으슥한 곳에서 병 채로 들이키고 먹을 줄 모르는 술이 반이나 취하여서 비틀 걸음으로 그 집에를 찾아 간 것이요.

"아이, 왜 약주를 잡수시었어?"

하고 그는 나를 나와 맞았소.

"이 신산한 세상을 취하지도 않고야 어떻게야 지나오. 아아 하나님이시여 나를 영원히 취하여 깨지 말게 하소서."

하고 방바닥에 쓰러지었소.

얼마를 정신없이 졸다가 눈을 떠 본즉 그는 자기의 무릎 위에 나의 머리를 올려놓고 연방 찬 수건으로 내 이마를 식혀 주오. 나는 그의 손을 잡으며,

"고맙소이다. 나는 금시 죽어도 한이 없소이다. 나도 인제는 세상에 와서 사람의 사랑까지도 맛보았으니, 더 바랄 것이 무엇이겠소? 나는 인제는 이 세상에 남아 있어서 더 볼 일도 없고 또 세상이 나 같은 사람을 만류할 까닭도 없으니 나는 훨훨 달아나고 말겠소."

하고 금할 수 없이 눈물을 흘렸소. 진정 나는 죽을 길밖에 없었소이다. 나는 이미 하나님의 신용을 잃어버렸고 인생으로 사

업을 이룬다는 이상조차 잃어버렸고 나의 마지막의 복인 이 창기라는 여자까지도 다시 만날 길이 어렵게 되었소.

나는 그동안에 저금하였던 것도 모두 없애버렸고 사흘 벌어 이원을 저축하는 일도 인제는 어렵게 되었소. 겨울이 될수록 일자리는 줄고 용은 늘고 또 칠년 남은 고생스러운 노동 생활에 나의 청춘의 정력도 다 소모되고 말았소.

나는 마지막으로 그를 만나 그와 작별의 인사를 하고는 그 길로 나가 축항의 얼음 구덩이에나, 어디나 닥치는 대로 죽어버릴 작정이었소. 그랬던 것이 먹은 술이 너무 힘을 내어서 그만 여태까지 잠이 들었던 것이요. 잠을 깨어 보니, 마치 자기가 맡았던 중대한 임무를 잊어버린 듯하여 벌떡 일어났소.

"여보세요, 웬 약주를 그리 잡수세요? 주무시면서도 우시던데."
하고 그는 차 한 잔을 따라 나에게 주오. 창은 찬바람에 소리를 내고 떠는데 화로에는 숯불이 이글이글하오.

그는 말을 이어,

"왜 그런 숭한 말씀을 하셔요? 세상을 버리고 가기는 어디를 가요? 어디 갈 데가 있나요? 이 세상 말고 다른 데 갈 데가 있었으면 나 같은 사람은 벌써 가버리고 말았게요. 나 같은 사람도 할 수가 없어서 이 세상에 살고 있는데 당신 같으신 사내 양

반이야 왜 그런 생각을 하셔요? 세상이 괴롭기도 하지마는 또 그럭저럭 살아가노라면 그래도 산 보람이 있는 것 같아요."

그는 이렇게 말하고 모든 것을 다 깨달았다 하는 눈으로 나를 물끄러미 바라보오. 내가 여태껏 이 여자와 만난 것이 수십 차가 되지마는 오늘 모양으로 이렇게 길게 이야기를 한 것은 서너 번밖에 못 되오. 그것은 사원을 내어야 하룻밤을 그와 나와 단 둘이만 같이 지낼 수가 있으되, 이원만으로는 한 시간밖에 같이 있을 수 없었던 까닭이요. 그는 하룻밤에도 나와 같은 이 원짜리 남자를 둘이나 셋 많으면 사오인까지도 맡지 아니하면 안 되기 때문이요.

나는 점점 그 여자가 결코 범상한 창기가 아닌 것을 깨달았소. 그래서 두어 번이나 그의 내력을 물었으나 그는 웃을 뿐이요, 대답이 없었소. 그도 나를 보통 노동자와는 다르게 보았던지 한두 번 나의 과거를 물었으나 나 역시 나의 쓰라린 과거를 그에게 말하기를 원치 아니하였소.

그랬더니 지금 그의 눈을 보니 그 눈 속에는 말할 수 없는 무엇이 숨어 있는 듯하오. 원래 유순하게 생긴 여자지마는 그 눈이 더욱 유순하오. 나는 불현듯 이 여자의 과거에 누를 수 없는 흥미를 가지게 되었소. 이 여자의 내력을 듣고 또 이 여자의 지금 품고 있는 생각을 들어 그가 나의 저승길의 동무가 될 만하거든, 같이 정사를 하리라 하는 생각이 났소.'정사!'이 생각이 내 가슴 속에 따뜻한 빛을 던지는 듯하였소.

그래서 나는 담배를 피워 물고 그더러 그 내력을 말하기를 청하였소. 그런즉 그는 여전히 웃으며,

"당신부터 먼저 말씀하서요!"

하오. 그래서 나는,

"내 과거? 말하지요. 나는 여태껏 아무에게도 내 과거를 말한 데가 없소. 그러나 나는 세상을 버리기 전에 세상에 남아 있는 당신에게는 말을 하고 싶었소. 그러면 말하지요. 내가 말을 하면 꼭 당신 말도 하지요?"

하고 다짐을 받은즉 그는,

"그러지요."

하고 지금까지의 냉랭한 태도가 변하여 깊은 흥미를 가진 듯한 태도를 취하오.

나는 나의 과거를 말하였소. 부모 없이 자라나던 이야기, 서울서 공부하던 이야기, 동경으로 가던 이야기, 어떤 여자의 말을 따라 목사가 될 목적으로 신학교에 입학하던 이야기까지는 극히 평범하였거니와 매씨와 나와의 관계, 김씨와 매씨와 나와

의 관계, 형과 나와의 관계와 그날 밤 일이며 목사 앞에서 재판을 당하던 이야기와 내가 늦은 가을 궂은 비 오는 밤에 형의 집을 바라만 보고 동경을 떠나던 이야기를 할 때에는 아직도 술이 채 깨지 아니하고 자기 전 흥분이 채 식지 아니한 나는 심히 흥분하였소.

내가 칠년 동안 대판으로 구주 탄광으로 부산으로 목포로 군산으로 마침내 이곳 인천으로 돌아다니며 부랑하는 노동자의 생활을 하던 것과, 나중에 두 달 전에 마니산 꼭대기에서 금식기도를 하다가 따뜻한 사람의 살이 그리워 도로 세상으로 내려오던 이야기를 할 때에는 그의 눈이 차차 이슬이 맺히고 마침내 그것이 눈물방울이 되어 흐르다가 내가 인제는 죽어버릴 길밖에 없다 하고 말이 끝날 때에는 그는 방바닥에 엎더져 흑흑 느껴가며 울기를 시작하오. 그가 어떻게나 슬피 우는지 나는 도리어, '공연한 이야기를 하였다' 하는 미안한 맘이 생겨서 그의 들먹거리는 등을 어루만지며,

"울지 마오, 내가 쓸데없는 말을 했구려."

하였소. 그러나 그런 말을 하는 나도 아니 울지는 못하였소.

둘이 한바탕 울다가 눈물에 붉게 된 얼굴을 마주 볼 때에는 그는 나의 수십 년 동안 같이 살아온 지극히 사랑하고 친한 사

람같이 보였소. 그에게도 내가 그렇게 보이는지, 그는 눈도 깜빡 아니하고 맘을 네게 허한다 하는 눈으로 나를 바라보고 앉았더니,

"나도 당신께서 무슨 까닭이 있는 어른으로 알았어요. 암만 해도 예사 사람은 아니다, 무슨 깊은 비밀이 있는 어른이다 그렇게 생각했어요. 그렇지만 어쩌면 그렇게도 나와 정지가 꼭 같으십니까. 어쩌면 그렇게도 같을까요!"

하고 감개무량한 듯이 그의 이야기를 시작한다.

---

1) **직각** : 보거나 듣는 즉시로 바로 깨닫는 것

사랑이 내게 말하는 것

3부

수필과 소설이 있는 풍경

인생은 고해라고 한다.

쓴 바다·고생 바다·고통의 바다·고민의 바다·노고의 바다·고난의 바다라는 뜻이다. 어떤 팔자 좋은 사람에게는 이 인생이 낙원일지는 모른다. 그러나 다수인에게는 인생은 고해다.

나는 인생을 고해로 보지 않지 못하는 불행한 사람이다. 나는 낙지落地[1] 이래로 일찍 행운이라는 것을 보지 못한 불행아이어니와, 지금도 불행한 사람이다.

빈궁貧窮·불건강不健康·세상의 핍박逼迫·사업의 실패·민족적 고민·나 자신의 인격과 능력에 대한 불만족, 모두 불행거리이다. 이러한 것을 생각하면 앞이 캄캄해지고 죽고 싶게 괴롭다.

"아아~ 인생은 고해로구나!"

하고 장태식長太息[2]을 아니 할 수가 없다.

만일 미래도 과거 같은 줄을 분명히 전지前知한다 하면 나는 죽어버릴 것이다. 그러나 신은 나 같은 인생이 자살하여 버릴 것이 두려워서 여러 가지 예방책을 쓴다.

첫째는 '내일은 오늘보다 나으리라'하는 희망을 나 같은 인생의 정신 속에 심어 둔다. 이것은 진실로 생명수다. 이것 때문에 나 같은 사람은 '내일이나 내일이나' 하고 상傷한 '하아트(마음)'와 피곤한 다리를 끌고, 허덕허덕 수없는 생의 고개를 넘어가는 것이다.

나는 어려서 부모를 여의고 무의무가無依無家³⁾하게 돌아다닐 때에 흔히 노인들에게서,

"초년고생은 말년 즐거움의 근본이니라. 네가 자라면 오복五福이 구비具備⁴⁾하고 남이 우러러 보는 사람이 되리라."

하는 말로 위로하여 주는 말을 들었다. 그때마다 나는 어린 맘에도

'참말 그랬으면', '아마 그럴 것도 같다', '꼭 그럴 것이다'하고 혼자 이 말을 믿고 장래만 바라보고 왔다. 그러나 살아가면 살아갈수록 이 믿음이 점점 박약하여진다.

"어디 행운이 오나? 밤낮 마찬가진네."

하고 탄식을 하게 된다.

그런데도 왜 아직도 속아 사나? 응, 분명히 나는 속아 산다.

더욱이 저 공동 묘지에 무수한 총총한 무덤을 볼 때에 그 무덤 속에 누운 사람도 다 나와 같이 '초년고생은 말년 즐거움의 근본'이라는 위로를 받고 오복의 구전(俱全)[5]하다는 축복을 믿고 나 모양으로 '내일이나 내일이나' 하고 원수의 희망에게 속아서 허덕허덕 인생의 수없는 고개를 넘어가다가 마침내 '희망의 약속하던 행복은 구경도 못하고 죽어버린 자들'이라고 생각할 때, 나는 저들과 같이 공연히 '내일'을 믿고 속아 사는 어리석은 인생 중의 하나라고 생각하지 아니할 수가 없다.

어디를 보고 아무리 따져 보아도 행운이 올 길이 없지 아니하다.

그러면 왜 사느냐? 왜 곧 죽어서 이 고해를 벗어나지 아니하느냐?

이 인생에 무슨 잊히지 못한 속박이 있어서 상한 하아트(마음)와 피곤한 다리를 끌고 허덕거리는 수없는 인생의 고개를 넘느냐.

거기는 이유가 있다. 나는 인제는 '내일의 희망'에 속아 살지를 아니하련다. 내가 죽지 않고 살아가는 것은 이 고해라는 인생에도 맛들일 데가 있는 까닭이다.

우리는 마치 여름날 시원한 산마루터기 바람을 잠깐 얻어 쐬일 양으로 여러 시간 동안 땀을 흘리며 사지를 노역(勞役)[6]하여 산에 오르는 모양으로 인생의 고해 속에 여기저기 숨어 흐르는 감천甘泉[7] 한 모금을 얻어 마실 양으로 알뜰히 허덕거리고 살아가는 것이다.

"이놈아 네가 어리석다"고. 어리석어도 좋다. 인생에게 내가 구할 것이 그것 밖에 없는 것을 어찌하랴. 돈을 원하는 자는 마음껏 돈을 모아 쌓으라. 사업을 원하거든 회천灰天의 웅도雄圖[8]라도 이루려무나. 명예가 소원이냐? 천하에 이름을 빛내어라. 마는, 나는 이 모든 것도 다 귀찮다. 내가 이 인생에게 구하는 것은 오직 사람과 사람과의 사이에 무심히 반짝이는 사랑의 섬광(閃光)[9]이다.

인생을 암흑이라 하면, 사랑은 유일한 광명이다.

인생을 빙세계라 하면, 사랑은 유일한 난기暖氣[10]다.

인생을 악취라 하면, 사랑은 유일한 향기다.

그런데 이 정 떨어질 만한 인생에게도 아직 사랑은 소멸하지 아니하였다. 이 험악한 이기주의 세대에도 인형人形[11]을 쓴 사람치고는 그 영혼의 어느 구석에 사랑의 한 조각을 드러내지 아니한 자는 없다.

그것이 추악한 투쟁과 시기와 살육의 인생에 유성流星[12] 모양으로 간간이 섬광을 발한다. 이것 때문에 나는 이 고해의 인생을 허덕거리고 살아가는 것이다.

만일 어느 시각에나 이것까지 인생에서 소멸되는 때가 있다면 나도 그 즉각에 땅바닥에 엎더져 죽어버릴 것이다.

내가 그 불행한 지금까지의 일생의 경험한 인생의 향기 몇몇 가지를 적어 보려는 것도 이 때문이다. 이 붓을 잡을 때에 내 머릿속에 무수한 기억이 솟아오르거니와, 어느 때 '루소' 모양으로 인생의 참회를 쓰게 되는 날이면 될 수 있는 대로 내 모든 것을 힘닿는 데까지는 다 써보려니와 지금에는 그러할 수가 없다.

지금에는 다만 그 중에서 가장 간단한 것 몇 가지 예만 들어 내가 불행 중에서도 허덕허덕 살아가는 이유의 증명의 한 부분으로 삼아 볼까 한다.

『영대』 창간호, 1924년

---

1) **낙지**落地 : 세상에 태어남.
2) **장태식**長太息 : 길게 한숨 쉬며 하는 탄식
3) **무의무가**無依無家 : 의지할 데 없고 집도 없이
4) **구비**具備 : 필요한 물건을 빠짐없이 갖추는 것.
5) **구전**俱全 : 없는 것 없이 다 갖추어져 있다.
6) **노역**勞役 : 힘들게 몸을 움직임.
7) **감천**甘泉 : 물맛이 좋은 샘
8) **웅도**雄圖 : 웅대한 계획
9) **섬광**閃光 : 순간적으로 강렬히 비치는 광
10) **난기**暖氣 : 따뜻한 기운
11) **인형**人形 : 사람의 모습
12) **유성**流星 : 우주 공간에서 지구로 떨어지면서 공기에 부딪쳐 밝은 빛을 내는 단단한 물질

첫사랑

| 1 |

물속같이 고요한 밤이다.

구름 한 점 없이 맑게 갠 가을 하늘은 곱게 닦아 놓은 유리 면처럼 정결하여 보이고 서편 쪽 관암봉 어깨에는 버들잎을 오려 붙인 듯 초승달이 위태롭게 걸려 바람이 불면 금시에 한들한들 떨어질 것만 같다. 바다 물결도 이 밤만은 깊은 꿈속에 침적된 듯 숨결 소리 하나 들리지 않는다.

이러한 속에서 인호와 남순이는 그들도 온갖 잡념에서 침정¹⁾되어 그림자처럼 움직일 줄 모르고 모래 위에 조용히 앉아 있었다. 다만 움직이는 것이란 멀리 알섬에서 깜박이는 등댓불이다. 만은 그것도 금시에 꺼지려고 가물거리는 새벽 등불처럼 힘없어 보인다.

둘은 시간이라든지 세상사 같은 것은 말짱하게 생각 속에서 씻어버리고 어느 때까지든지 한 모양으로 희미하게 깜박이는 등댓불을 바라보고 있었다. 달도 인제는 관암봉 너머로 다 기울어졌고 천지는 수묵색으로 자욱이 어두워 들며 더 한층 고요해진다.

남순이는 비로소 깊은 꿈에서 깨어난 듯 살며시 인호의 쪽으로 고개를 돌리며

"인호, 인젠 들어갈까?"

말할 수 없이 애수가 서린 말끝에는 나직한 한숨까지 흘러나온다.

소년은 아무 말도 없이 그대로 어두운 해변을 내다보고 있다가 풀기 없이 슬며시 일어선다. 웬일인지 꼭 다물었던 그의 입에서도 한숨이 흐른다. 그 모양에 남순이는 다시 한 번 한숨을 지은 후 저고리 섶을 살짝 여며놓으며 치마기슭을 가벼이 털고 일어선다.

그림자같이 나란히 서서 걷는 발밑에서는 사각사각 모래 소리가 단조롭게 들린다. 남순의 가슴속은 다시금 아파오기 시작한다. 꼭 모래 위를 밟는 그 소리가 소년의 한숨 소리와도 같이 들리는 것이다.

"인호, 인젠 졸업할 때도 몇 달 남지 않았는데 아무쪼록 공부 잘 해서 입학하도록 해야 한다."

그러나 그 말은 자기 자신의 귀에도 너무나 공허하게 들린다.

소년은 들은 체도 안 하고 묵묵히 발길만 옮겨놓는다.

남순이는 까닭 모르게 안타까워지는 마음에 한동안 초조를 느끼다가

"괴롭더라도 몇 달뿐이다. 상급학교에만 들어가게 된다면, 그 때면 네 맘대로 맘 놓구 지날 거 아니냐?"

그래도 소년의 입은 열릴 줄 모른다.

"중학교는 보통학교와는 달라서 여러 곳에서 좋은 동무들이 많이 모여온단다. 공부 잘하는 동무도 오구, 맘 착한 동무도 오구, 보통학교보다는 모든 것이 재미나구, 마음이 끌린단다."

남순이는 자꾸만 슬퍼지는 마음을 애써 부질없는 말로 눌러 가려니 나중에는 눈물까지 날 지경이다.

그는 아래 입술을 지그시 악물고 한동안 말없이 걷다가 부두 옆다리 거리에 다다라서야

"인젠 예서 갈라지자."

하고 발길을 멈추었다.

소년은 깜짝 놀란 듯 우뚝 멈춰 서서 주위를 살핀 후 힘없이

고개를 떨어뜨린다.

남순이는 앞이마에 헝클어진 머리카락을 손가락으로 빗어 올리며

"내일 밤에두 들러라."

하고 한껏 정겨운 어조로 말한다.

갑자기 소년은 고개를 번쩍 쳐들고 남순의 얼굴을 정면으로 똑바로 마주본다. 남순의 가슴속은 꿈틀해진다. 언제나와 마찬가지로 그는 번쩍 고개를 쳐들고 마주 보는 소년의 시선에서 그 무슨 압력을 느끼게 되며 자못 그 어떤 위험까지 느끼게 되는 것이다.

움펑한[2] 소년의 눈에서는 어두운 속에서도 이상한 광채와 번쩍거림을 역력히 알아볼 수가 있다. 울렁거리는 소년의 가슴속에서는 자기의 가슴까지 울려주는 고동소리가 들리는 것 같다.

질식할 것 같은 순간, 소년의 입에서 내뿜어질 그 말에 남순이는 전신이 한줌 속으로 줄어드는 것 같다.

"선생님, 전 상급학교 지원을 그만둘까 해요."

극도로 긴장되었던 전신은 일시에 탁 맥이 풀려지며 후우 하고 안심의 한숨까지 흘러나온다.

만은 그와 동시에 그 무엇을 바라고 기다리던 것이 순간에

허지[3]로 돌아간 듯 비길 데 없이 마음이 허접해감을 어찌 할 수가 없다.

"상급학교 지원을 그만두다니? 그게 무슨 말이냐?"

말끝은 까칠하게 세우나 몹시 피곤한 어조다.

그러나 소년의 입은 다시금 철문같이 굳게 닫힌 채 열릴 줄을 모른다.

"아니, 인호 그게 무슨 소리냐?"

남순이는 적이[4] 베어진 속을 가누어가며 소년의 앞에 다가섰다.

만은 소년은 매몰하게도 홱 뿌리치듯 돌아서며

"선생님 안녕히 가십시오."

하고는 도망질치듯 다리 위로 달려간다.

뒤에 남은 남순이는 얼빠진 양으로 멀거니 서서 어둠 속에 사라져 가는 소년의 그림자를 하염없이 바라본다.

| 2 |

몇 달만 지나가면 상급학교로 가게 된다.

밤이나 낮이나 항상 침울한 분위기 속에서 어둡게 지내오는 인호에게 있어서 그것은 얼마나 기다려지던 일이었으랴? 상급학교에만 가면 매서운 계모의 눈초리도 피할 수가 있고, 마음대로 마음에 맞는 동무들과 사귈 수도 있는 것이고, 일절을 자유로 행동할 수가 있을 것이다.

그것을 바라고 그는 지난 가을 자살 소동을 일으킨 이후 이때까지 열심히 공부도 해왔고, 온갖 시름을 죄다 참아오지 않았는가?

그런데 그러한 그가 남순에게 상급학교 지원을 포기하겠다고 말한 것은 무슨 까닭인가?

남순이와 갈라져 집에 돌아온 인호는 밤새도록 쭉 한잠 이루지 못하고 걷잡을 수 없는 생각만 뒤번지었던[5] 것이다.

상급학교로 간다는 것은 다시없는 그의 희망이자 동시에 과거를 탈출하여 새로운 낙원을 건설함이다. 그러나 그와 동시에 남순의 곁을 떠난다는 것은 비길 데 없이 슬픈 일이다. 새로운 낙원을 건설하기 위해 떠난다면 이때까지의 단 한 곳밖에 의지할 데가 없던 행복의 보금자리를 버려야 한다.

사실 남순이만 없었다면 자기는 벌써 어떻게 되었을는지 모른다. 비뚤게 틀어져가고 시들어가는 자기의 마음을 진정으로 눈물을 흘려가며 바로 잡아주기에 애써온 남순의 존재는 정말 자기에게 있어서는 태양과도 같은 것이었다.

생각만 해도 암담해지는 가정의 분위기 속에서 그래도 명일을 바라고 억지로나마 웃어온 것은 모두가 남순의 노력에 의한 것이 아닌가?

"인호! 나를 선생으로 생각지 말구, 네 누이로 생각해다오. 그것이 얼마나 나에겐 반가운 일인지 모르겠다. 나는 너를 대할 때 꼭 내 동생으로 생각한다. 나두 사실은 너처럼 어린 때를 눈물겹게 보냈다. 아버지를 두고도 아버지라구 불러 못 보구, 제 성두 바로 못 타구 지내왔다.

하지만 나는 끝내 버티고 나왔구, 앞으로도 이대루 버티구 나갈 결심이다. 우리는 다른 사람의 구원을 바라서는 안 된다. 제 몸을 저절로 돌봐야 하구, 제 앞길을 저절로 개척해야 한다. 인호! 아무쪼록 울지 말구 내일을 기다려라. 내일의 희망, 그것은 너에게 있어서는 이 학교를 졸업하구 고등보통학교루 가는 그것이다.

어머니는 안 계셔서 남의 손에서 고달프게 지낸다지만 너에겐 지위가 있고 돈이 있는 아버지가 계시잖니? 그 아버지는 정말 진정으로 너를 사랑하신다. 하지만 사내 양반들의 사랑이란 어머니처럼 그렇지는 못하단다. 사랑하면서두 그것을 겉으로 나타내지 못하는 것이 아버지의 사랑이란다.

인호! 부디 울지 말구 공부 잘해서 돌아오는 봄에 입학하도록 해라. 다행히 너의 반 담임선생님도 너에게 퍽 동정을 하시는 양반이니까, 아예 딴 생각을 먹지 말구, 이 누이 말대로 해다오."

생각할 때마다 인호는 두 눈에서 흘러내리는 뜨거운 눈물을 금할 수가 없다.

지금 자리에 누워서 괴롭게 전전반복하며 지난봄 어느 날 밤 그 부두 다리 거리에서 들려주던 이 말을 생각하니, 어린 가슴은 여기저기 찢어지는 듯 견딜 수가 없다.

사실 그의 부탁대로 인호는 육학년에 진급해서부터는 전력을 다해 공부해왔고 상급학교 준비를 게을리 하지 않았다. 담임선생님도 인호의 사정을 알고 있는지라, 또 그 위에 남순의 부탁도 있고 한 까닭에 남달리 취급해주는 것이었다.

그러므로 인호는 오학년 시대보다는 짜장 행복스럽게 날마다를 보람 있게 지낼 수가 있었고, 벌써 지원 학교도 ○○고등보통학교로 결정되었던 것이다.

그러한 그가 웬일인지 근자에 와서는 이상스레도 생각이 갈리며 하루 이틀 날짜가 가면 갈수록 그 무슨 줄이 있어 뒷머리를 끌어당기는 것 같고 실없이 우울하게 되는 것을 자기로서도 알 수가 없다.

다시 말하면 상급학교로 간다는 것은 웬일인지 자기의 행복을 영영 그 무엇에게 바쳐버리는 것 같고 수험 일자가 가까워오면 올수록 남순이와의 거리는 점점 멀어져서 자기의 앞에는 다시금 전날의 그 암담하던 구렁텅이가 입을 벌리고 달려드는 것 같았다.

그것은 생각만 해도 소년의 가슴속을 캄캄하게 어둡게 하여주는 것이었다. 그리고 더구나 근자에 와서 또 한 가지 소년의 가슴속을 어둡게 하여주는 것은 남순이를 자주 찾아다니는 그 더벅머리 청년의 출현이었다. 인호는 그 청년이 어디서 어떻게 굴러왔으며 남순이와 어떠한 인연이 있는 청년인지를 알 수가 없었다.

남들은 젊은 사람치고 하이칼라 머리를 하기만 하면 기름을 빠질하게 발라서 여자들보다도 더 단정하게 갈라 붙이던데 이 청년은 도무지 그럴 줄을 모르고 그저 되는 대로 텁수룩하니 내버려두고 수염도 별 반 깎는 양 없는 듯 언제든지 턱밑이 거무스름하다.

양복은 서지기는 하나 빛깔이 낡아 검은 빛이 누렇게 되어버린 학생복을 입고 모자는 검정 중절모로써 그도 어느 고물상에서 오래오래 묵던 것 같은 것을 되는 대로 푹 눌러쓰는데 다만 한 가지 그 중에서 뛰어나 보이는 것은 테가 손가락보다도 더 굵어 뵈는 대모테 안경이다. 그리고 또 한 가지는 언제든지 손에서 놓지 않고 짚고 다니는 것이 아니라 끌고 다니는 사쿠라 몽둥이다.

그는 그것을 가장 아끼는 듯, 남순의 집에 찾아올 때면 방안에까지 끌고 들어온다. 그러고는 무슨 이야기를 하면서도 손으로는 그것을 자꾸 어루만지는 것이다. 중병을 겪고 난 듯이 창백해진 얼굴에 유달리 어마어마한 안경을 걸고, 그 몽둥이를 끌고 다니는 것을 볼 때 소년은 일종의 형언할 수 없는 처연한 마음을 금할 수가 없었다.

이 청년이 나타난 이후부터 남순이는 웬일인지 행동이나 언어 같은 데 있어서 돌변해진 것을 인호는 확실히 엿보았다. 뿐만 아니다. 자기에게 대하는 태도에도 어딘지 모르게 섬섬한 데가 있고 빈틈이 생겨진 것 같았다.

그것이 사실에 있어서는 자기의 비틀린 근성에서 생겨지는 억측인지는 몰라도 하여튼 그에게는 그렇게 느껴지고 우울해지는 것이었다.

그렇게 되고 보니 그에게는 모든 것이 다시금 전날의 그 어두운 상태로 되돌아져가는 것 같았고 따라서, 상급학교라는 것도 아무 희망도 매력도 가져다주지 못하는 것이었다.

공연히 청년에게 가는 저주와 그에 따라 남순에게 대하여서도 그 어떤 일종의 원망에 가까운 맘을 품게 되는 그것으로 소년의 얼굴빛은 다시금 흐려졌다. 그리하여 그는 끝내 그것을 상급학교 지원 중지라는 것으로써 남순의 앞에 폭발시켰던 것이다.

그러고 나서는 집에 돌아와서 밤새껏 잠들지 못하고 고민하게 되는 소년의 가슴속에는 폐부를 오려내는 듯한 후회의 마음이 사뭇 치미는 것이었다.

| 3 |

그 이튿날 인호의 아버지는 회사의 용무를 띠고 약 1주일가량 작정으로 출장을 떠났다. 언제나와 마찬가지로 인호의 가슴속은 말할 수 없이 어두워졌다.

1주일 동안, 아버지가 출장 간 동안, 그동안은 또다시 사막의 길을 걸어야 하며, 어둠속의 생활을 해야 한다.

조반을 먹고 학교로 가는 길에서 그는 간밤에 남순에게 한 말을 한층 더 후회했다. 그러고는 기회를 보아 자기의 철없이 꺼낸 말을 취소하여 그에게 안심을 시키려 했다.

집 앞 오솔길을 빠져서 큰길을 건너 다시 지름길에 들어서는데 누군지 뒤에서 발자취 소리가 나는 것 같더니

"인호."

하고 부르는 소리가 들려온다.

돌아다보니 한반에 다니는 승옥이란 자기보다 두어 살 이상 되는 여생도다.

인호는 무뚝뚝한 표정으로 뱅글거리며 가까이 오는 그를 보고 섰노라니 어쩐지 얼굴이 달아오르는 것 같다.

"늦잖았니?"

"몰라."

"우리 집 시곈 아직 20분이나 있더라."

인호는 잠자코 다시금 발길을 옮겨놓았다.

승옥이는 곁에 나란히 서서 걸으며 뭐라고 수작을 걸려는 눈치면서도 얼른 꺼내지는 못한다.

아직 등교 시간이 이른 탓인지 골목에는 승옥이와 인호의 그림자밖에 없다. 평소에는 한반에서 무심하게 대하여왔지만 이

렇게 외딴 골목에서 단둘이 나란히 서서 걷게 되니 어쩐지 가
슴속이 가볍지 못하다.

자칫하면 앞서려는 인호의 걸음걸이는 저로서도 몹시 허둥거
리는 것 같다. 승옥이는 그도 정작 가지런히 서기는 했으나 할
말은 생각나지 않는 듯 쉽사리 입을 열 줄 모른다.

그러다가 그는 겨우 용기를 낸 듯

"너 어느 학교루 지원했냐?"

하고는 인호의 얼굴을 힐끔 곁눈질해본다.

그러나 인호는 못 들은 체 한동안 그대로 묵묵히 발길만 옮
겨놓다가

"○○고등보통학교다. 넌?"

하고 우뚝 걸음을 멈추며 대담하게 마주 본다.

"난 아직 결정을 못 지었다."

"왜?"

"집에서 허락을 안 해준다."

"어째서?"

"어째서가 있니? 계집애가 보통학교만 해두 대단하지 상급학
교가 뭐냐 하며 돈탈 난다구 그러지."

승옥의 음성은 이내 울음조로 변해진다.

인호는 잠시 할 말을 생각지 못하다가

"그럼 넌 그만둘 테냐?"

"왜 그만둬?"

하고 승옥이는 마치 인호가 방해의 주인공이나 되는 듯이 앙칼지게 대든다.

"안 보내는 걸 어떻게 가니?"

"안 보내문 도망질해 가지."

"뭐? 도망질?"

"그럼 그러잖구."

승옥이는 아주 흥분되어 숨까지 쌔근거리며 얼굴에 홍조를 띤다.

인호는 그 모양을 물끄러미 바라보며 자기의 보잘것없는 무기력한 마음을 되씹어보았다.

'안 보내면 도망질해서라도 간다.'

그 강경한 의지는 대체 어떠한 곳에서 생겨지는 것일까?

'막으면 뚫고 나간다.'

이것은 남순이가 노상 타일러주던 말이 아닌가?

그 말을 그는 지금 승옥의 의지에서야 비로소 처음 엿보았고 느꼈다. 승옥이는 마치 인호의 무기력한 의지를 비웃기나 하는 듯이 다시금 한 말을 곱씹는다.

"도망질 하잖구. 계집애는 사람이 아닌가? 사내가 사람이문 계집애두 사람이지. 난 어떻게 해서든지 시험 보러 갈 테야."

인호는 제 생각에 골똘히 잡혀 승옥의 말을 먼 귀로 들으며 발길을 옮겨놓았다. 이날 그는 진종일 승옥의 말로 하여 무거운 침묵 속에서 지냈다.

밤이 되자 그는 입맛 없는 저녁을 두어 숟가락 뜨다 말고 이내 책보를 끼고 담임선생님의 집으로 갔다.

거기에는 매일 밤 모여와서 입학시험 준비를 하는 동무들이 벌써 다 와서 있었다. 인호는 그들 틈에 끼어 어느 때보다도 한층 더 열심히 공부했다.

그러나 아침 등교 시에 들은 승옥의 말로 하여 자칫하면 머릿속에 걷잡을 수 없는 딴 생각이 떠오르는 것을 억누르기에 애가 말랐다. 그리고 이상스레도 이때까지 느껴 못 본 호감을 그에게 느끼게 되며 그 어떤 안타까운 생각까지 얄궂게 떠오름을 막을 수가 없었다.

육학년에는 남녀 공학으로 여자들이 스물도 더 된다. 나이가 많은 여자도 꽤 많다.

승옥이도 그 중의 하나로서 자기보다 두어 살쯤 위이니까 아마 열일곱쯤은 될 것이다. 그러한 여자들을 자기는 이때까지 단 한 번도 정면으로 대하여 본 때가 없고 말 한마디 건네어본 때도 없다.

그것은 여자들에게 한해서 뿐만 아니라 남자들에게 대해서도 그는 별반 다정하게 대하여본 적이 없다. 그저 묵묵히 두드러진 데 없이 지내왔다. 그러므로 자기의 존재라는 것은 전연 없다고 해도 과언이 아닐 것이다.

굳이 있다고 한다면 그것은 성적이 남보다 우량하고 그리고 지난 가을 오학년 때 자살 소동을 일으킨 그것으로 하여 남달리 불행한 환경에서 자란다는 것이 알려진 그것뿐일 것이다.

이러한 자기에게 뜻밖에도 승옥이가 그러한 말을 불쑥 던져주었고 다정하게 대하여 주었다는 것은 아무리 생각해도 단순하게 해석하여 버릴 수가 없다.

그리고 그에 따라서 자기의 마음이 이상하게 동요를 일으키며 진정할 수가 없이 된다는 것도 역시 단순하게 해석하여 버릴 수는 없다.

무엇인가 거기에는 까닭이, 말로는 형언할 수 없는 그 어떤 까닭이 있을 것만 같다.

그러면 그 까닭이란 대체 어떠한 것일까.

생각할수록 가슴속만 울렁거려날 뿐 그 실마리를 풀어낼 수는 없다. 마지막에는 마주 앉은 선생이나 곁에서 공부하는 동무들까지 자기의 속을 엿보고 웃는 것 같아, 그는 그만 자리에서 일어났다.

그러고는 그리로 가면 그 무슨 해석의 방법이나 있을 것처럼 남순의 하숙으로 바삐바삐 향했다.

| 4 |

"그렇습니다. 확실히 남순 씨는 아직 막다른 골목에 마주하여 못 봤습니다. 과거의 환경 같은 것은 막다른 골목이라고 할 수 없지요. 그런 것쯤은 우리들에게 있어서는 일상의 다반사와도 같은 것이지요. 남순 씨가 비복[6]의 몸에서 태어났다고 성두 바루 못 타구 십 몇 년이나 지내오며 저주와 원망의 생활을 하여왔다는 그것은 극히 사소한 일이지요. 우리에게는 보다 더 큰 막다른 골목이 있습니다. 그것이 지금 현재의 우리에게 다다랐습니다."

청년의 말은 잠시 중단된다.

그러나 남순의 말은 반마디도 없다.

인호는 서먹하여 문 앞에 선 채 하늘을 쳐다보았다. 하늘에는 뜬 달보다 달빛이 한층 더 맑다.

청년의 말은 또 이어진다.

"미래는 확실히 우리들의 시댑니다. 이 시대를 우리들의 품 안에 획득하려면, 우리들은 썩어빠진 구각[7] 속에서 용감하게 뛰쳐나와야 합니다. 만약 그렇지 않는다면 우리들은 막다른 골목에서 자기 파멸밖에는 볼 것이 없을 것입니다.

당신은 언제인가 그 계모의 밑에서 화기 없이 지낸다는 아이의 이야기를 하셨지요. 나두 그 애의 이야기를 듣구 퍽 가엾게 생각하며 동정했지요. 하지만 그런 것두 우리가 사실 냉정하게 생각한다면 값싼 동정뿐으로는 안 됩니다.

우리는 그 애에게 동정을 하여 자기 안위를 얻는 다기보담, 그 애의 의지를 채찍질해야 합니다. 역경을 뚫고 나갈 그런 굳센 의지를 단련하도록 편달해주어야 합니다.

무쇠는 언제든지 불 속을 지나야 한다구, 그 애에게는 동정 같은 건 금물입니다. 채찍질을 해야 합니다. 좀 더 굳센 의지의 소유자를 만들기 위한 채찍질. 그러한 것이 절대 필요합니다. 그래서 안 된다면 할 수 없지요. 그건 희망이 없는 것이니까, 희망이 없는 것을 언제까지든지 동정을 하며 붙잡구 있을 수는 없으니까요."

인호는 더 들을 수가 없었다.

그는 나직이 한숨을 지은 후 조용히 돌아섰다. 어디든지 외딴 데 가서 실컷 울어보았으면 싶었다. 발길이 끊어진 조용한 거리를 걸으려니 문득 승옥의 환영이 머릿속에 떠오른다.

말할 수 없이 그리워진다. 될 수만 있다면 그를 만나고 싶었다. 그러면 울적한 가슴속을 죄다 털어버릴 수가 있을 것 같다.

그러나 밤은 깊었다. 어떻게 하는 수가 없다. 또 있다 하더라도 정작 대하면 그럴 용기가 나올 것 같지도 않다.

힘없는 다리를 옮겨놓으며 집 앞에 이르니, 불의에 덜커덕하고 대문 잠그는 소리가 난다.

뒤이어 계모의 종알거리는 소리도 들려온다.

"빌어먹을 새끼가 뭣하게 지금두 안 온담."

인호는 잠자코 다시 발길을 돌렸다.

마음 한편으로는 차라리 다행하게 된 듯도 한 느낌이 난다. 늦어진 밤의 거리를 혼자서 지향 없이 걸어보는 것도 인제는 한 버릇이 된 듯했다.

슬플 때 같은 때 혼자 걷는 맛은 정말 좋다. 뜨문뜨문 매달린

전주의 가로등이 몹시 정다워 보인다. 서산에 기운 달빛도 더욱 그리워 뵌다.

거리에는 고양이 새끼 한 마리 어른거리는 양 없다. 지향 없는 발길은 부두 쪽으로 향해진다. 물결 소리도 한껏 정겹다. 부두에는 어선이 두어 척 곤히 잠들고 있다.

인호는 기우는 달빛에 훤언해진 바다를 하염없이 내다보았다. 해면은 늪처럼 평온하다. 자기의 마음도 그처럼 평온하고 안일하게 된 듯하다.

슬프지도 않고, 그렇다고 기쁘지도 않고, 아무렇지도 않다. 그저 일절을 말짱하게 씻어버린 것 같다.

그러면서도 두 눈에서 자꾸 흘러내리는 눈물은 무슨 까닭일까?

그것은 제 자신으로서도 모를 일이었다.

| 5 |

어느덧 가을도 지나고 겨울도 지나고 한겨울을 잡아서 동계 휴가가 닥쳐왔다. 소년에게 있어서는 무엇보다도 저주스런 휴가다.

될 수 있는 한 소년에게는 집을 떠나는 것이 가장 자유롭고 행복스러운 것이다. 그러나 휴가가 오면 혼자서 학교로 갈 수도 없고, 부득이 집에서 전신에 매섭고 날카로운 눈초리를 느껴가며 지낼 수밖에 없다.

그러므로 소년은 한층 더 침울하게 되어서 지루한 날마다를 천추같이 보냈다. 그러나 밤이 되면 입학 준비라는 구실로 그는 동무들이 모여서 공부하는 담임선생님의 집으로 갈 수가 있었다.

상급학교 입학 준비.

그런 것은 최근의 그에게 있어서는 그다지 문제가 되는 것이 아니었다. 입학 준비야 어떻게 되든 말든 조금이라도 집에서 나와 자유로운 공기를 마시면 그만이다.

만약에 그러한 기회조차 없다면 그는 어떻게 되었을는지 알수가 없을 것이다.

이러한 분위기 속에서 소년은 한 달이나 되는 방학을 지루하게 보냈다. 입학 준비도 인제는 본격적으로 들어가야 할 때가되었다. 동무들은 그야말로 불면불휴로 공부하는 것이었다. 그러나 인호의 태도는 너무도 무관심하다.

동무들의 애쓰는 그 모양을 볼 때면 그는 일종의 연민의 정까지 느끼게 되는 것이었다. 이러한 그의 태도를 보고 남순이는 갖은 애를 다 썼다.

길에서 만나도 그랬고, 학교에서 만나도 그랬고, 때로는 자기의 집에 억지로 붙잡아다놓고 눈물을 흘려가며 타일렀지만 소년의 다물어진 입은 열릴 줄을 몰랐다.

어느 날 밤이었다.

남순이는 저녁을 먹고 인호가 담임선생님의 집으로 가는 것을 모퉁이에 지켜 섰다가 다짜고짜로 끌고 자기의 하숙으로 갔다.

방안에 들어서자마자 그는 참았던 설움을 한꺼번에 터쳐 버리듯 책상에 엎드려 울며

"인호, 너무도 심하잖니? 내가 이렇게 너 때문에 밤마다 울고 있는 데도 너는 털끝만치두 내 맘을 몰라준다. 너만 없다면 난 벌써 학교를 그만두었을 거다. 너 하나 때문에, 너를 무사히 졸업시켜 상급학교루 보내려구 난 이렇게 뜻에 없는 일에 매달려 있는 줄 넌 왜 몰라주니?"

하고 원망의 말을 퍼붓는 것이다.

인호는 비로소 남순의 앞에 쓰러져서

"선생님."

하고 뒷말을 잇지 못하고 목메어 느낀다.

남순이는 참말 반가웠다.

그는 어쩔 줄을 몰라 한동안 인호의 들먹이는 어깨를 내려다보다가 그만 저도 모르게 와락 끌어안고 함께 느꼈다.

인호는 남순의 팔에 안겨 한동안 우노라니 이상스레도 엉켰던 가슴속이 나긋이 풀려지는 것 같았다.

그리고 생각은 이상스레도 과거의 어린 시절도 되돌아져간다. 어머니의 품에 안겨 자장가를 들으며 가물가물 졸던 그때가 바로 눈앞에 되돌아진다.

문득 무에든지 말하며 묻고 싶은 생각이 치민다.

"선생님, 그 사람은 선생님과 어떻게 되우?"

"그 사람이라니? 누구 말이냐?"

남순이도 울던 것 같지 않게 맑은 소리로 묻는다.

"그 더벅머리한 사람 말입니다."

문득 말하고 생각하니 어린 맘에도 너무나 당돌하게 질문한 듯하고, 또한 제 속을 펼쳐 보인 듯하여 얼굴을 붉히지 않을 수가 없다.

그러나 남순의 태도는 조금도 어색해지는 양 없이 태연하다.

그는 입가에 부드러운 웃음까지 띠고

"그의 말이냐 그인? ○○ 가서 대학교까지 졸업하구 돌아온인데, 아주 훌륭한 이다. 남들 같으면 벌써 어느 관청이나 회사

같은 데 들어갔을 텐데 그인 고향 청년들을 위해 애를 쓰신단
다."

인호는 남순의 얼굴을 뚫어져라 마주 쏘아본다.

그 바람에 남순이는 눈가장을 약간 붉힌다.

"고향 청년들을 위해 무슨 일을 하나요?"

"그야 여러 가지루 할 수가 있지. 첫째, 돈이 없어서 공부 못
한 청년들에게 글을 배워주는 것도 일이구, 청년회를 조직해서
단체 훈련을 시켜주는 것두 일이지."

남순이는 얼마간 흥분까지 느끼며 청년의 이야기를 열심히
한다.

그것이 다시금 인호의 비위를 슬그머니 건드렸다.

바로 그런 때에 승옥이가 찾아왔다.

그는 뜻밖에도 인호가 와 있는 것을 보고 문고리를 쥔 채 망
설이다가, 남순이가 두 번째 권하는 바람에야 겨우 들어선다.

그러나 들어와서도 얼른 앉지는 못하고 거북한 양으로 둘의
눈치만 살핀다.

"어서 앉아라. 왜 서만 있니?"

남순이도 부자연한 공기를 느꼈는지 어색한 웃음으로 승옥이
를 쳐다본다. 그제야 승옥이는 문 앞 쪽으로 사뿟 앉으며 흘낏

인호를 눈짓해본다.

인호는 실없이 안 된 생각이 들며 마음 한모퉁이가 켕겨 든다. 마치 그 무슨 죄를 짓다가 들킨 것처럼 얼굴까지 후끈거려 난다.

한동안 셋은 아무 말도 없이 싱겁게 앉아 침묵만 지키고 있었다.

그러다가 그 침묵을 먼저 깬 것은 승옥이다.

그는 불의에 우쭐 일어서며

"선생님, 가겠어요."

하고 남순이를 내려다보다가 마주치는 시선에 얼른 외면한다.

"가다니? 왜 놀지도 않구 그렇게 빨리 가니?"

남순이는 당황하게 서둘며 승옥이를 쳐다본다.

"지나가다 들렀는데 너무 늦으면 집에서 야단쳐요."

"그렇지만 우리 집에 왔다갔다면 괜찮을 거 아니냐?"

"그래두 늦으면."

승옥이는 어름거리며 문고리를 쥐고 난처해한다.

인호는 그 이상 더 앉아 있을 수가 없다.

그는 기회를 얻은 듯이 벌떡 일어서며

"저두 가겠어요."

하고 망설이는 승옥이를 밀치듯 덧문을 확 열어젖혔다.

"아니 왜들 이렇게 성급하게들 서두냐."

하며 남순이도 뒤따라 일어선다.

인호는 멋없이 꾸벅 인사한 다음 도망질치듯 마당 밖으로 나왔다. 막혔던 가슴속이 시원히 풀려지는 것 같아 그는 후우하고 긴 숨을 내뿜었다.

| 6 |

또박또박 따라오는 발자취 소리를, 그것이 틀림없는 승옥의 발자취인 줄 알면서도 인호는 그냥 뚜벅뚜벅 제 걸음만 옮겨놓았다.

무엇이라고 말할 수 없는 거북하고도 미안하고, 그러면서도 한편으로는 그 어떤 안타까움까지 뒤섞여지는 마음을 인호는 어떻게 가누었으면 좋을지 몰랐다.

그 때문에 그는 몇 번이나 걸음을 지체하여 승옥이와 어깨를 나란히 하고 걸으려다가도 그만 쑥스런 생각에 애꿎은 얼굴만 붉히면서 제대로 발길을 옮겨놓곤 했다.

승옥이도 그 이상 더 걸음을 빨리하지는 않는다. 그것이 인호에게는 한층 더 안타까웠다. 뿐만 아니라 빨리 뒤따라주지 않는 승옥의 그 맘이 얄밉기도 하다.

그래 그는 끝내 제 맘을 굽혀서 우뚝 발길을 멈추고 뒤를 돌아다보았다. 뒤따라오던 승옥이도 오뚝 멈춰 선다.

"왜 남의 뒤만 따라오니?"

어째서 무슨 맘으로 이런 말을 불쑥 꺼냈는지 그는 저로서도 몰랐다. 꺼내놓고 그 여운이 아직 사라지기도 전에 그는 이내 얼굴을 돌렸다.

승옥이는 잠시 조용히 서서 바라보다가 살며시 곁에 와 선다. 인호는 자기의 얼굴빛을 엿보게 못하는 어둠 속이 짜장[8] 고마웠다.

승옥이는 잠자코 인호의 숙인 얼굴을 들여다보다가

"넌 왜 가다 말구 섰니?"

팩 쏘듯 하는 말이긴 하나 그 속에는 형용할 수 없는 부드러운 정이 서려 있다.

인호는 아무 소리도 없이 다시 발길을 옮겨놓았다. 승옥이도 따라 선다. 둘은 비로소 어깨를 나란히 하고 걷는다. 만은 말은 서로 없다.

그러나 말없는 그 속에서 둘은 서로서로 상대편의 그 맘을 엿보았고, 말할 수 없는 달콤한 행복에 도취되는 것이었다.

마침내 둘은 인호의 집 앞 개천까지 왔다. 먼저 발길을 멈춘 것은 인호다.

나직이 한숨을 뽑은 후, 그는 조용히 승옥의 얼굴을 들여다본다. 승옥이는 상대편의 시선을 정면으로 받으면서, 그도 까닭 모를 한숨을 나직이 짓는다.

"승옥아. 넌 언제 시험 보러 가냐?"

"난, 한 열흘쯤 먼저 떠나겠다."

"왜 그렇게 일찍 가냐?"

"시험 일자가 딱 되어 떠나다가 누구한테 붙잡히기나 하면 어쩌니?"

"그럼 지금두 너의 집에선 허락이 없냐."

"없잖구."

"미리 가다가 붙잡혀두, 붙잡히기만 하면 마찬가지가 아니냐?"

"그래두 그편이 났다. 앞으루 시험 일자가 며칠 남기만 하다면 한번 붙잡혔더라두 또 기회를 얻을 수 있잖니?"

인호는 다시금 놀라지 않을 수가 없다. 어디까지든지 용의주도하게 앞일을 계획하여 나가는 승옥의 그 맘을 조용히 생각하여 보았다.

그의 존재가 인호에게는 일종의 거대한 압력으로 느껴졌다. 무기력한 자기에게 비하여 그는 얼마나 튼튼한 의지를 가졌는가?

이러한 생각을 인호가 하고 있는 동안 승옥이는 그도 무슨 생각에 잠겼는지 한참 동안 말없이 고개를 숙이고 있다가

"열흘만 앞서 떠난다면 붙잡혀서 배 떠날 때마다 누가 지킨대두, 얼마든지 갈 수가 있다. 배를 못 타게 된다면 걸어서라두 갈 수가 있다. 사흘만 걸으면, 아니 이틀이면 될 거다."

하고 힘을 주어 말한다.

"그렇지만 가서 시험을 보면 어쩌니? 집에서 학비를 안 대주면."

"난 그것두 생각하구 있다. 안 대주면 고학을 할 테다."

"머? 고학?"

"응, 고학을 할 테다."

열과 힘을 주어서 자신 있게 언명하는 승옥의 그 말에 인호는 한동안 어안이 벙벙하여 말을 못했다.

"여자로서 어떻게 고학을 하니?"

"왜 못 해? 여자는 사람이 아닌가?"

승옥이는 가슴까지 내밀며 항의하듯 인호의 앞에 한 걸음 바짝 다가선다.

인호는 말없이 웃어 뵈며 승옥의 얼굴을 조용히 마주 보았다.

그 순간 그는 갑자기 그 어떤 야릇한 충동이 가슴속에 뭉클 치밀어 오름을 느꼈다. 힘껏 끌어안고 그냥 마구 길 위에서 뒹굴고 싶은 충동.

소년의 머릿속은 무거운 것에 강하게 부딪친 듯 아찔해진다.

그러나 승옥이는 상대편의 그런 맘을 깨닫지 못한 듯, 한동안이나 잠자코 서서 어두운 바다 쪽을 내다보다가

"여선생 집엔 날마다 댕기니?"

하고 딴말을 불쑥 꺼낸다.

인호는 찬물이 끼어 얹힌 듯 갑자기 정신을 차렸다. 만은 뭐라고 대답할 바는 몰랐다. 후끈 얼굴이 달아오르며 가슴속이 울렁거린다.

"넌 여 선생님과 아주 친하게 지내드구나."

승옥이는 서슴지 않고 말한 다음 슬쩍 외면해버린다. 인호의 가슴속은 더 한층 울렁거려난다. 그러나 그러면서도 그는 그 어떤 반발심에 주먹이 불끈 쥐어지는 것이었다.

"여 선생과 친하게 지내는데 무슨 상관이냐?"

숨까지 씨근거리는 흥분된 그 모양에 승옥이는 잠시 마주 보기만 하더니

"친하게 지낸다는 게 그렇게두 안 됐니? 그럼, 친치 마렴."

하고는 홱 토라져버린다.

"누가 친하게 지낸다 말이냐?"

"네가 친하게 지내지 누가 친하게 지낸단 말이냐?"

"내가 언제 친하게 지냈냐?"

"언제는 언제야? 언제든지지."

인호는 말문이 막혀 한참이나 씨근거리며 노려보다가

"넌…… 넌 왜 친하냐?"

"내가 언제 친했지?"

"친하지 않은 게 아까는 왜 갔냐?"

"볼일이 있으니까 갔지."

"머? 볼일?…… 나두…… 나두 볼일이 있으니까 갔지."

"홍, 무슨 볼일이 날마다 그렇게두 있을까?"

"머야? 내가 언제?……."

갑자기 인호는 목구멍이 막혀지며 눈시울이 뜨거워짐을 어찌할 수가 없다. 그는 그만 두 손으로 얼굴을 덮으며 목메어 느끼기 시작한다.

이 뜻밖의 일에 승옥이는 어쩔 바를 몰랐다. 그는 목메어 느끼는 인호의 어깨를 바라보며 몇 번이나 주저거리다가

"얘, 내가 잘못했다. 인호."

하고 그의 팔을 다정하게 잡아주었다.

"놔라."

인호는 매몰하게도 홱 뿌리친 후 그만 개천을 뛰어넘더니 제
집 쪽으로 달려간다.

승옥이는 그 뒤를 따르려다가 자기도 까닭 모를 눈물이 왈칵
쏟아져 나와 그만 그 자리에 풍덩 주저앉아버렸다.

| 7 |

2월이 지난 3월을 잡자 기후는 완연 달라져서 사면 산발의
눈들은 슬며시 녹아버리고, 바다에서는 날마다 훈훈한 바람이
불어온다.

학교에서는 졸업 시험들이 시작되어 상급학교 지원생들은 한
층 더 애를 쓰게 됐다.

이러한 어느 날, 학교에는 뜻밖에도 불상사가 생겨서 남순의
진퇴 문제를 일으켰다. 그것은 다름이 아니라 시내 청년회가 조
직되어 그 창립대회 석상에서, 교원의 직에 있는 남순이가, 축
사를 한 것인데 직분도 직분이려니와 축사의 내용이 불온하다

는 의미에서 당국의 비위를 거스른 사건이었다.

학교에선 교장과 수석이 몇 번이나 근심스런 빛을 띠고 경찰서로 드나들었다. 그 결과 결국 남순이는 직을 사하게 되어서 문제는 낙찰되었지만, 일반 사회의 여론은 가지가지로 구구하게 떠돌았다.

만은 문제의 주인공인 남순이는 조금도 그 여론에 개의치 않고 태연하게 지내는 것이었다. 그는 비로소 오랫동안 갇혔던 어리[9] 속에서 풀려 나온 듯한 그런 태도로 청년들과의 접촉을 일층 맹렬하게 했다.

그 모양을 보고 인호는 밤마다 한숨으로 지냈다. 그러지 않아도 자꾸만 멀어져가는 듯한 남순이로 하여 슬프게 지내던 인호는 영영 놓쳐버린 듯한, 아니 놓쳐버린 설움에 완연 실신한 것처럼 되었다.

그는 밤마다 하늘에의 별을 쳐다보았다. 그 별처럼 남순이는 구만 리 밖 아득한 곳에 아득하게 멀어져서 다시는 붙잡을 수 없게 되어버린 것 같았다.

손닿을 수 없는 별.

쳐다보고 쳐다보아도 빛깔은 차고 희미하다. 그는 밤이 깊도록 넋을 잃고 그 별을 쳐다보다가도 자리에 들면 눈물로 밤을

밝혔다.

그러다가 어느 날 밤, 그는 갑자기 자리에서 벌떡 일어나 연필과 종이쪽을 갖추어가지고 편지를 쓰기 시작했다.

'선생님.'

이렇게 첫머리를 떼어놓고는 오랫동안 지면을 들여다보았다. 새하얀 지면 위에 의젓이 떠오르는 남순의 환영, 더벅머리 청년의 환영.

그는 그것을 뚫어지게 노려보다가, 그만 되는 대로 그 위에다 마구 갈겨썼다. 그러나 그것은 몇 줄을 못 내려가서 이내 손아귀에서 찢기고 말았다.

이러한 날마다가 짓궂게 되풀이되는 동안 승옥의 존재가 갑자기 학교에서 사라졌다. 그 뒤 얼마 안 되어 동무들의 모양도 몇 명 보이지 않았다.

그러나 인호는 도무지 기력을 못 차리며 날마다 어두운 얼굴로 지냈다. 시험 일자가 임박하게 되자 학교에서 몇 번 독촉을 해도 그는 조금도 내켜하지 않았다.

그러다가 어느 날, 그는 담임선생님에게 이끌려 바닷가로 나갔다.

남순이와 노상 같이 걸어보던 바닷가다.

담임선생님은 오랫동안 말없이 걷다가 기인 한숨을 뽑은 다음

"인호, 인젠 시험 일자가 이틀밖에 남지 않았다."

하고는 또 한동안 침묵을 지키다가

"나두 이번 학기를 보구는 그만두겠다. 그만두구 ××에나 갈까 한다."

인호는 조용히 담임선생님의 얼굴을 쳐다보았다. 그도 근자에 와서 몹시 수척해졌다. 담임선생님은 인호의 시선을 슬며시 피해 바다 쪽을 내다본다.

인호는 그의 속을 조용히 생각해보았다. 그도 밤이면 자기와 같이 하늘의 희미하게 깜박이는 별을 쳐다보며 한숨지음에 틀림없는 것 같았다.

바다를 내다보는 담임선생님의 뒷모양이 말할 수 없이 쓸쓸해 보이며 외로워 보인다.

동시에 이때까지 느껴 못 본 그리운 정이 뭉클 느껴진다.

"선생님, 오늘밤 배루 떠나겠어요."

담임선생님은 그냥 먼 바다를 하염없이 내다보며

"그래라."

하고는 또 한 번 긴 한숨을 조용히 뽑는다.

그날 밤 소년은 남행 기선에 몸을 실었다.

전송 나온 사람은 담임선생님뿐이었다. 외로이 부두에 서서 내다보는 그의 모양은 비길 데 없이 쓸쓸해 보였다.

소년은 난간에 힘없이 기대서서 희미한 항구의 불빛들을 들여다보며 복잡하던 과거를 생각했다.

이렇게 떠남에 제하여 생각해보니 모두가 그리워진다.

무심코 포켓을 어루만지니 무엔지 두툼한 게 만져진다. 소년은 조용히 눈을 감고 한숨지은 후 다시금 남순이와의 일을 생각해보았다.

언제부터 써가지고 다니던 편지.

그 편지는 결국 소년의 포켓 속에서 꼬기꼬기 구겨져 지금은 봉투의 모서리까지 해어졌다. 보내지도 못할 편지를 써가지고 방황한 제 맘이 비길 데 없이 슬프다. 그는 손에 쥔 편지를 지그시 힘을 주어 구겼다가 그만 슬며시 놓아버렸다. 무엔지 모를 엉켰던 마음의 덩어리가 물 위에 철썩 떨어져가는 것 같았다.

한동안 정지되었던 엔진 소리가 갑자기 요란스레 일어난다.

뒤따라 닻 감는 소리. 스크루의 소리.

배는 벌써 머리를 움씰거리며 돌리기 시작하고 동시에 사품을 치며[10] 갈라지는 물결 소리가 소란스레 들린다.

그러자 불의에 선체가 떠나갈 듯이 울리는 기적 소리.

소년은 부두 쪽을 향해 조용히 모자를 벗었다. 그러고는 모든 것에게 진정으로 하직의 인사를 고했다.

(1940년)

---

1) **침정**沈靜 : 마음이 차분히 가라앉고 조용함.

2) **움펑한** : 속으로 푹 꺼져 들어간

3) **허지** : (북한어)힘은 들였으나 아무 성과도 거두지 못한 형편을 비유적으로 이르는 말

4) **적이** : 얼마간, 다소, 어지간히

5) **뒤번지다** : 일이나 생각 따위가 갑자기 달라지거나 복잡해진다.

6) **비복** : 계집종과 사내종

7) **구각** : 시대에 맞지 아니하는 옛 제도나 관습

8) **짜장** : 과연 정말로

9) **어리** : 병아리 따위를 가두어 기르기 위하여 채를 엮어서 둥글게 만든 것

10) **사품치다** : 물살이 계속 부딪치며 세차게 흐른다.

사랑이 내게 말하는 것

저자소개

박인환
(1926~1956) 시인.

강원도 인제 출신.
현대 도시문명의 퇴폐적인 모습과 우수를 표현하였다. 종로에서 마리
서사라는 서점을 운영하면서 많은 시인들과 교류를 했고 이것이 시
작 활동을 하는 계기가 되었다. 많은 영화평을 썼고 번역 작업도 하
였다. '세월이 가면'은 노래로 불리고 있다.

윤동주
(1917~1945) 시인.

북간도 명동촌 출신.
연희전문을 나와 일본 동지사대 영문과에 다니면서 시를 쓰기 시작
하였다. 독립운동 관련으로 2년 형을 선고받고 해방되던 해 감옥에서
순국하였다. 대표적인 시로 '하늘과 바람과 별과 시', '서시'가 있다.

한용운
(1879~1944) 시인, 독립운동가, 승려

충남 홍성 출신. 호는 만해.
백담사에서 스님이 된 뒤 1916년『유심』이란 잡지를 펴냈고, 3·1 만
세시위 때 민족 대표 33인의 한 명으로 참가하여 3년 동안 옥살이를 했
다. 1927년 신간회 활동과 항일 단체 활동으로 체포되기도 하였다. 시
집『님의 침묵』과 평론집『조선불교유신론』이 유명하다.

권구현
(1898~1944) 시조시인, 미술가.

충북 영동 출신.
한국문단에 아나키즘의 깃발을 올렸던 천재 시인. 카프(조선프롤레
타리아예술동맹) 조직에 가담하여 활동하다가 이후 아나키스트(무정
부주의자) 문학 활동을 하였다. 일본 동경 미술학교에서 유학하였고,
조선미술전람회에 출품하여 여러 번 입선하고, 개인전을 여는 등 화
가로서도 활동하였다. 저서로『흑방의 선물』,『벗에게 부치는 편지』
등이 있다. 자살로 삶을 마감하였다.

김우진
(1897~1926) 연극인, 시인, 극작가.

전남 장성 출신. 호는 초성.
장성군수 아들로서, 할아버지도 현관이었으며 지주였다. 일본에서 와
세다 대학 영문과를 졸업하였다. 시인을 꿈꾸며 학생 시절부터 시를
쓰기 시작하였고 연극연구단체인 〈극예술협회〉를 조직하여 활동하
였다. 대학 졸업 후 목포에 회사를 세우고 사장에 취임한 뒤 많은 시
와 희곡, 평론을 썼다. 유교적 가정에서 성장했지만 서구 사상과 사회
주의에도 깊이 빠졌다. 여러 가지로 갈등 번민하다가 일본으로 갔고,
그 해 가수 윤심덕과 현해탄에 투신자살했다.

나도향
(1902~1927) 소설가.

서울 용산 출신. 호는 도향.
경성의전에 들어갔으나 문학에 뜻을 두어 중퇴하고, 『백조』 동인으로
활동했다. '벙어리 삼룡이'의 작가이기도 하다. 폐결핵으로 요절하였다.

김현구
(1904/1903~1950) 시인.

전남 강진 출신.
1930년 『시문학』에 작품을 발표하면서 문단에 등장하였다. 강한 서정
성을 기반으로 자연과 인생을 노래한 시인이다.

노자영
(1898~1940) 시인, 수필가.

황해도 출신. 호는 춘성.
교편생활을 하기도 했고 회사생활도 하였다. 기자로 활동하면서 글
을 발표하기도 하였다. 일본 니혼대학에서 수학하고 귀국한 뒤 오랫
동안 병석에 있기도 했다. 시, 수필뿐만 아니라 소설가로서도 활약하
였다.

황석우
(1895~1959) 시인.

서울출신.

일본 와세다 대학 정경학부에서 수학하였다. 『폐허』 창간에 참여하여 동인으로 활동하였다. 광복 후에는 국민대학교 교수를 지냈다.

장정심
(1898~1947) 여류 시조시인, 기독교인.

황해도 개성 출신.

신앙생활을 주제로 하여 쓴 서정적인 작품을 많이 남겼다.

허민
(1914~1943) 시인, 소설가.

경남 사천 출신.

지병인 폐결핵으로 29세의 나이로 요절하기까지 300편 이상의 시를 남겼다. 작품 속에 경남 지역의 토속적인 문화와 식민지 시기 어려움을 잘 표현하고 있다. 『구룡산』, 『공상의 봄』 등의 작품이 있다.

설정식
(1912~1953) 시인, 정치가.

함남 단천 출신.
1929년 광주학생운동에 연루되어 퇴학당하였다. 그 뒤 중국으로 건
너갔다가 다시 돌아와 연희전문학교에 다니기도 하였다. 미국으로 유
학해 영문학을 전공하였다. 광복 후 조선공산당에 입당하여 활동하
기도 하였다. 1951년 정전 회담의 통역을 담당하기도 했으며 월북한
뒤 1953년 숙청되었다.

김상용
(1902~1951) 시인.

경기도 연천 출신.
일본 닛쿄대학 영문과를 졸업한 뒤 이화여전 교수를 지냈다. 1930년
부터 시를 쓰기 시작하여 많은 시를 발표하였다. 시집『망향』이 전하
고 대표적인 시로는 '남으로 창을 내겠소'가 전한다.

이효석
(1907~1942) 소설가.

강원도 평창 출신. 호는 가산.
경성제국대학 영문과를 나왔다. 대동공업전문학교 교수, 평양 숭실전
문학교 교수, 경성농업학교 교사였다. 향토적, 이국적, 성적인 모티프
를 중심으로 순수문학을 추구하였다. 부인과 아이를 잃고 극도로 몸
이 쇠약해져 결국 뇌막염으로 병석에 누웠다가 36세로 요절하였다.

이광수

(1892~1950) 소설가.

평북 정주 출신. 호는 춘원.
동경 유학생 시절에 2·8 독립 선언을 기초했고, '무정'으로 신문학을
개척하였다. 한때 상해로 망명하여 독립신문의 주필을 지내면서 임시
정부에도 가담했었지만 후에 친일적인 활동을 하였다. 6·25 전쟁 때
납북되었다.

현경준

(1910~1951) 소설가.

함북 명천 출신.
주로 만주지방에 거주했고 1920년 말에는 시베리아에서 유랑생활을
했고 이후 일본에 유학하기도 하였다. 조선일보와 동아일보에 작품이
당선되어 문단 생활을 시작하였다. 광복 이후 조선문학가동맹에서
활동하다가 월북하여 초창기 북한 문단에서 활동하였다.